高等职业教育"双高计划"建设成果
2024年现代职业教育质量提升计划资金（中央）支持

原创小品

戏剧影视表演专业

合集

那 刚 ◎ 著

Original Sketch

Collection of Drama,
Film and Performance

浙江大学出版社
·杭州·

图书在版编目（CIP）数据

戏剧影视表演专业原创小品合集 / 那刚著. -- 杭州：浙江大学出版社，2025.1. -- ISBN 978-7-308-25801-2

Ⅰ. I238.8

中国国家版本馆 CIP 数据核字第 2025YL7578 号

戏剧影视表演专业原创小品合集

那　刚　著

责任编辑	韦丽娟
责任校对	李瑞雪
封面设计	春天书装
出版发行	浙江大学出版社
	（杭州市天目山路148号　邮政编码310007）
	（网址：http://www.zjupress.com）
排　　版	杭州好友排版工作室
印　　刷	浙江新华数码印务有限公司
开　　本	710mm×1000mm　1/16
印　　张	12.75
字　　数	202千
版 印 次	2025年1月第1版　2025年1月第1次印刷
书　　号	ISBN 978-7-308-25801-2
定　　价	88.00元

版权所有　侵权必究　印装差错　负责调换

浙江大学出版社市场运营中心联系方式：（0571）88925591；http://zjdxcbs.tmall.com

前　言

亲爱的读者朋友：

当你翻开本书时,你即将开启一段充满艺术魅力与教育情怀的旅程。这本书,是我们共同努力的成果。它承载着我们对艺术的热爱与追求,记录着我们在教学过程中的点滴感悟。每一个小品都是我们用心创作的成果;每一段对白都蕴含着我们对生活的深刻理解;每一次演出都是我们对艺术的虔诚致敬。作为编者,能够在这一领域耕耘二十五年,见证一届又一届学子的成长与蜕变,我深感荣幸。

我要感谢与我并肩作战的老师们,是你们的智慧与奉献,为学子们提供了坚实的知识后盾。你们的辛勤付出,让艺术职业教育的火焰越烧越旺。

不过,最需要感激的,是我的学生,我带过的二十三届毕业生们,是他们的才华、努力与坚持,让这些作品充满了生命活力。每一位毕业生都是我骄傲的成就,他们的成长证明了我们的教育是有价值的,我们的努力是有意义的。他们用自己的行动证明了艺术职业教育的无限可能。

在本书即将付梓之际,我怀着无比感激的心情,向在本书编写过程中给予过大力支持的各位师长和朋友们,表示最诚挚的感谢！正因为有你们的支持与奉献,本书的内容才如此丰富多彩。

最后,我想说,在这个充满挑战与机遇的时代,艺术依然是人类心灵的避风港。我期望通过本书激发更多人对艺术的热爱,帮助更多的艺术人才,让艺术的火焰在每个人心中燃烧,照亮我们前行的道路。

展望未来,我充满信心。艺术职业教育将继续肩负起培养未来艺术家的重任,为社会输送更多优秀的艺术人才。我期待着更多的学子能够在这片艺术的沃土里茁壮成长,绽放独特的光彩。

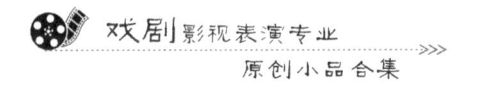

愿本书成为你艺术之旅的良伴,它不仅是对过往岁月的致敬,还包含了对未来梦想的期待。愿每一个读到这本书的人,都能感受到艺术的力量,找到属于自己的舞台,演绎出最精彩的人生篇章!

那 刚

2024 年 9 月 8 日

序

当我翻开这本由那刚精心编撰的原创小品汇编时,心中充满了欣慰与感慨。那刚先后毕业于上海戏剧学院表演系1996级本科和2005级戏剧戏曲学研究生班,在校期间是一个品学兼优的优秀学生。他天资聪敏,思维活跃,领悟能力和创造能力出众,对学习新事物和艺术创造充满激情。当他走上艺术道路时,我们这些老师便看到了他对表演艺术的热忱与执着,以及蕴藏着的巨大发展潜力。在校期间,他学习勤奋、刻苦钻研、成绩优异,出色地创造了多个形象鲜明的角色,获得了师生们的高度评价和赞扬。

毕业以后,他就职于浙江艺术职业学院,从事表演课、台词课的教学。为了出色地做好这项工作,他不断吸收国内外先进的戏剧教育理念和科学的训练方法,并将其创造性地运用在自己的教学实践之中,在推进戏剧表演教学改革的进程中,取得了丰硕的成果,为国内的同类专业院校提供了一个范例。同时,他还在学院内外的专业剧团中,执导了大量的中外经典名作,以其对作品的深刻理解、匠心独具的表达获得了戏剧界和观众的一致好评。他创作和执导的二十个小品,充满了时代气息,从多个侧面反映了当下的社会现实,弘扬了真善美的人文主义精神,获得了多个奖项。这些作品对于提升学生的思想品德、促进艺术院校的教学改革、促进社会精神文明的建设都发挥了非常重要的作用。

在二十四年的教学和艺术创作历程中,那刚以其对戏剧创作和教育事业的高度热情和责任感、对高质量和高水准的不懈追求,以及坚韧不拔的毅力,在戏剧影视表演教学的领域里闯出了一片属于自己的天地,共导演了话剧二十余部、影视剧十余部,参演影视剧三十余部。他以扎实的专业功底为基石,不断创新,勇于攀登艺术的高峰,获得了浙江省首批舞台艺术"1111"(导演类)

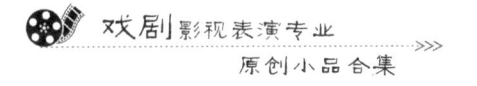

青年领军人才的光荣称号。

作为浙江艺术职业学院戏剧影视学院院长，那刚充分展现出其出色的领导才能。他不仅是戏剧影视表演省级专业带头人，首届"浙艺教学名师"，还是国家"双高"专业群的重要成员，在职业教育的战线上发光发热。那刚培养了数百名优秀的毕业生，他们都在浙江省乃至全国戏剧和影视表演行业中发挥着重要的作用，在戏剧教学的课堂、舞台上绽放光彩。除了教学和艺术创作以外，那刚还积极参与社会活动，担任中国农工民主党浙江省委员会委员等多个职务，为社会的发展贡献着自己的力量。

本书是那刚二十余年深耕职业艺术教育的智慧结晶。每一部小品都凝聚着他对生活的深刻感悟，每一篇创作体会和教学方法都是他多年教学经验的沉淀和总结。本书的出版填补了国内相关领域的空白，为戏剧影视表演职业教育树立了新的标杆。

作为那刚的老师，我为他所取得的成就感到无比骄傲！他用自己的行动展现了对艺术的热爱和对教育的担当，践行着母校上海戏剧学院的校训"至善至美"。

相信这本书能成为艺术教育领域戏剧创作教材的范例，启示和激励更多的后来者在艺术的道路上勇敢前行。相信那刚在未来的日子里，将继续以饱满的热情和卓越的才华，为戏剧影视表演事业培养更多的优秀人才，做出更大的贡献。

范益松

2024 年 10 月 7 日

目　录

和你在一起 / 1
　　《和你在一起》创作心得与教学方法 / 8
那个时候…… / 11
　　时光的回响
　　　　——《那个时候……》创作心得与教学方法 / 19
圈　儿 / 22
　　心灵的探索和情感的呼唤
　　　　——《圈儿》创作心得与教学方法 / 30
熊猫的礼物 / 32
　　人性的温度与心灵的触碰
　　　　——《熊猫的礼物》创作心得与教学方法 / 38
倒　水 / 40
　　以信任为镜，鉴师生关系与教育之道
　　　　——《倒水》创作心得与教学方法 / 47
特殊的婚礼 / 49
　　《特殊的婚礼》创作心得与教学方法 / 56
家有贝贝 / 59
　　在喜剧的光影中探寻亲情的真谛
　　　　——《家有贝贝》创作心得与教学方法 / 68
路在何方 / 70
　　从《路在何方》看人性与选择
　　　　——《路在何方》创作心得与教学方法 / 77

"办"运会 / 80
　　职场生态的幽默解码
　　　　——《"办"运会》创作心得与教学方法 / 87

小秘密 / 90
　　个人选择与社会责任之间微妙平衡
　　　　——《小秘密》创作心得与教学方法 / 98

我们是一家人 / 100
　　两岸童心盼统一
　　　　——《我们是一家人》创作心得与教学方法 / 107

实习护士 / 110
　　《实习护士》创作心得与教学方法 / 118

沙县小事 / 119
　　《沙县小事》创作心得与教学方法 / 128

警戒线 / 130
　　《警戒线》创作心得与教学方法 / 134

以爱导航 / 136
　　爱情与梦想的交响曲
　　　　——《以爱导航》创作心得与教学方法 / 141

人生若只如初见 / 143
　　《人生若只如初见》创作心得与教学方法 / 152

可乐？不可乐！ / 155
　　《可乐？不可乐！》创作心得与教学方法 / 162

理　解 / 164
　　从生活深处汲取艺术之源
　　　　——观察生活练习小品《理解》创作心得与教学方法 / 171

没有说破的事 / 173
　　在都市的喧嚣中寻找人性的温暖
　　　　——《没有说破的事》创作心得与教学方法 / 184

归　途 / 186
　　《归途》创作心得与教学方法 / 191

和你在一起

那　刚

人物　老太太——八十岁
　　　媳妇——四十五岁
　　　儿子——五十岁
　　　张姐——五十岁
时间　某天下午
地点　家

【音效:水声、炒菜声。
【老太太坐在窗边睡着了,手里的烟斗掉落,她去捡时摔倒了,媳妇从厨房走出来。

媳　妇　哎哟,妈！您怎么摔倒了啊？妈,我跟您说了多少回了,您要是有事儿,您就叫我一声。您要是有个什么好歹,我们这日子可怎么过呀。哎呀,妈！您怎么又尿了呀？我跟您说过多少回了,您要是想尿了就叫我一声。您看看您,这一天都换了多少条裤子了？ 来,我们去厕所,慢点啊,妈！

【媳妇把老太太扶进厕所,儿子刚好回来。

儿　子　妈,我回来了！
媳　妇　你妈又尿了！赶紧去拿条裤子。
儿　子　哦！
媳　妇　你拿我的干吗？
儿　子　我不知道啊……

媳　妇　笨死了,让开。

儿　子　妈,您别着急啊!那个,燕儿马上就过来了。

媳　妇　别在这儿碍手碍脚的!妈,左腿,右腿……

儿　子　妈,您小心点!

媳　妇　轮椅!

儿　子　哎,哎!

媳　妇　妈,您小心点,慢点慢点。

【媳妇进厕所。

【厕所冲水声。

媳　妇　我说你妈可真行啊!这一天尿八回,我这怎么洗得过来嘛!

儿　子　好了,去做饭吧!

【儿子把老太太推到窗边。

媳　妇　做好啦!

【媳妇白他一眼,进厨房,儿子把钱放在桌子上。

儿　子　这是孩子这个月在学校的生活费。

媳　妇　哎?你不还没发工资呢吗?

儿　子　我预支的。

媳　妇　又预支啊!儿子不是说在学校里打工了吗?

儿　子　儿子参加的是大学生志愿者联盟,做的是义工,没有工资的。

媳　妇　志愿者?净忙活些没用的。什么也指望不上,过两天张姐的工资还得给。

儿　子　会有办法的。

【儿子进厨房拿小菜。

媳　妇　你过来,和你说件事儿。

儿　子　什么事儿啊?

媳　妇　我昨天去看了一下北安敬老院,那儿的环境真不错,有一个特大的花园,一对一专人服务。

儿　子　不行!那是没儿没女的人才去的地方。

媳　妇　那你倒是想个辙啊！我一天上班八小时,来回要三小时,下了班我还得屁颠屁颠地去菜市场买菜,回到家里收拾屋子、做饭、洗衣服……你干什么了？帮我一点了吗？

儿　子　（打断）小点声！妈这个病去那儿不合适！

媳　妇　哦！合着你就逮着我一个人使劲折腾是吧！行！你妈是人,我不是人,我活该被作死！

儿　子　我说不行！

媳　妇　你看看,你妈都已经不认识你了。

儿　子　可我还认识她！（摔筷子,老太太被吓到,烟斗掉落）哎哟,妈！没事儿,没事儿！我和燕儿正闹着玩儿呢！没事儿,乖啊！

【儿子帮老太太捡起掉落的烟斗,老太太看看媳妇,看看儿子,儿子挥挥手,老太太傻笑。

媳　妇　（抽泣）你说我容易么我！你回家一句好话都没有,就在那儿给我喊,我一件衣服穿三年,都没舍得换！昨天我们同事儿子结婚我都没好意思去。我天天跟人家撒谎：今儿说我妈出事儿了,明儿说我爸出事儿了,下次都不知道该说谁出事儿了……（擤鼻涕）你说我都四十多岁了,我买过一个好包没有？你看看！你看看我脸上的老年斑,我同事都在背后说我更年期提前了。（哭）

【敲门声。

【媳妇忙掩饰,擦干了眼泪,儿子开门,张姐哭着进门。

儿　子　呦！张姐,怎么了这是？

张　姐　（哭）我才刚到家,老师就给我打电话,说我儿子出事了。

儿　子　出什么事儿？

张　姐　他在学校踢足球,把腿给踢断了！

儿　子　严重吗？

张　姐　粉碎性骨折！医生让我今天就交住院费,可是我兜里哪儿有那么多钱啊？所以……

【夫妻对视。

媳　妇　张姐,你别急啊！我们给你凑凑！

【儿子翻媳妇的包,媳妇有点不愿意,但还是拿出来了。

儿　子　来,张姐,钱！

张　姐　谢谢,谢谢啊！

儿　子　唉,好！不好意思哦！张姐,您慢走！

张　姐　对了,我收下东西。

儿子、媳妇　收东西？

张　姐　接下来的这两个月,我肯定来不了了,我还要照顾我儿子呢,你们还是再找找其他人来照顾老太太吧。

儿　子　唉,行！没事儿！张姐您慢走啊！

【张姐哭着下,夫妻俩沉默对视,媳妇走进厨房,拿东西喂老太太吃饭。

媳　妇　儿子的生活费,我看你怎么办,妈,吃饭……妈,张嘴……哎呀,妈！（一把抢过烟斗放桌上）您别一天到晚玩儿这个破烟斗,该吃饭的时候就得吃饭！

儿　子　好了！她这是在想我爸呢,我爸活着的时候她总是给我爸透烟斗,现在啥也不记得了,光记得这个。

媳　妇　（把烟斗又放回老太太手里）妈,您张嘴啊！哎呀,妈！您张嘴！

【老太太不愿意吃,把碗弄翻。

媳　妇　哎呀！你看看你妈,弄得哪儿哪儿都是！今天刚换的衣服！

儿　子　够了！去把咱妈的行李收拾一下。

媳　妇　什么？

儿　子　明天送咱妈去敬老院。

【媳妇放下东西,去房间收拾东西,儿子起来把轮椅推开一点,坐在老太太身边。

【音乐。

儿　子　妈,我跟您商量个事儿。妈,咱们明儿啊,换个地方住。那地方特别好,燕儿都去看过了,那儿有个大花园,还有专门的人一对一地照顾您。啊,对了！如果您缺什么,您就让护士给我打电话,我隔天就给您送过去。妈,不是我一定要送您走,送您去那儿,可是这日子还得往下过啊,这孩子上学得要钱,我实在没办法。来,吃饭!啊……来,张嘴,来……妈,妈,您倒是吃一口啊……妈,我求您了!妈,我求您了,您就吃一口吧!妈!您怎么连饭都不会吃了,妈……

【儿子低头痛哭,老太太看到儿子哭了,颤抖着双手去接碗,儿子抬头,老太太拿起勺子。

儿　子　燕儿!燕儿!妈会自己吃饭了!

媳　妇　真的?(从房间出来)

【音乐。

【老太太把勺子凑近嘴边吹了吹,送进儿子嘴里,反复三次,儿子一把握住老太太的手,埋头,老太太慢慢抚摸儿子的头,儿子泪眼婆娑地抬起头看着媳妇。

媳　妇　行了,我也没说一定要把妈送敬老院,都这么多年了……

【媳妇掩饰地擦掉眼泪,拿起碗给老太太喂饭。

媳　妇　让开!我呀,也就这命!妈,张嘴,啊……

【媳妇笑着喂,老太太也笑着吃。

【电话响。

媳　妇　喂,儿子啊!

【画外音:"妈,我跟您说个事儿,我向大学生志愿者联盟提交了申请,很快就会有当地的大学生来家照顾奶奶了。还有,我业余时间在做家教,以后生活费你们就别再给我寄了,你们二老也要多注意身体,再见!"

儿　子　这才是我儿子!

儿　子　什么味儿?燕儿,你煤气关了吗?

媳　妇　关了啊,哎呀!妈这是又拉了呀!

【音乐。

儿　子　啊?

媳　妇　你赶紧赶紧!给妈去拿条裤子!

儿　子　哎!

媳　妇　哎呀,妈呀!我跟您说过多少回了,下次您要是要拉呀,就跟我说一声，您看看您！这都第几回了呀！小心，小心！慢点，慢点！

儿　子　燕儿，没裤子了。

媳　妇　啊？拿我的！

儿　子　唉！

【收光。

——幕落

《和你在一起》
原创小品视频

《和你在一起》剧照

　　小品《和你在一起》是由浙江艺术职业学院教师那刚编剧,那刚、姚春宏老师联合导演,戏剧影视表演专业学生曾海伦、王荷、黄雨生、周丽等人表演的原创小品。

　　该作品在浙江省教育厅、省文化厅、省财政厅、浙江广电集团、团省委等部门联合举办的2014年浙江省大学生艺术节的展演活动中,荣获戏剧类(专业组)作品一等奖(榜首)、优秀创作奖,指导老师获优秀指导教师奖。

　　2014年,小品《和你在一起》在"花样年华"全国第四届大学生短剧小品大赛中获表演作品一等奖(榜首)、编剧二等奖;参演学生王荷获个人最佳表演奖,指导老师获导演奖。

　　2015年3月,该作品代表浙江省,作为戏剧类(专业组)唯一作品,参加全国第四届大学生艺术展演现场展演,获乙组(专业组)一等奖、优秀创作奖,指导老师获优秀指导教师奖。

　　该作品获国家艺术基金2019年小型创作资助项目(49),结项证书编号为2019-A-02-(043)-0175。

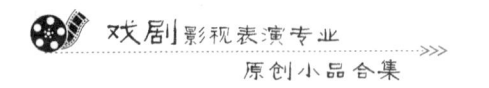

《和你在一起》创作心得与教学方法

作为一部深受观众喜爱的小品，《和你在一起》不仅展现了丰富的情感和紧密的剧情，还体现了深刻的主题思想。从获得国家艺术基金的支持开始，这部作品就注定要承担起传递正能量、反映社会现象的重任。

在创作与教学过程中，我深切地体会到，艺术作品的成功离不开真实细腻的情感表达和对细节的精准把握。

创作背景上，我选择了全社会非常关注的居家养老问题作为切入点，设置了接地气且富有张力的对话和场景，聚焦于居家养老中老人与子女之间的冲突与和解。在塑造角色时，要注重每个人物性格的独特性，同时确保他们的行为动机合理可信。通过真实的情感、细腻的行动，我们希望能够获得观众的共鸣，起到反思和教育的作用。

在个人的创作心得方面，我非常荣幸能够将这样一个有意义的故事带给观众。创作过程中的挑战主要来自如何让严肃的话题变得生动可信，并富有戏剧性。此外，如何在较短的篇幅内展现角色的转变，也是一大考验。经过不断地尝试与修改，我学会了如何通过精准的话语和恰当的肢体语言来增强表达效果。

在教学方法方面，教师要将重点放在如何帮助学生挖掘角色的内在情感和剧本的深层含义上。通过一系列的表演练习，如即兴演练、情绪记忆法以及角色互换等，使学生能够更好地理解剧中人物的原始形象，体会剧中人物不同段落的心理变化。此外，我们还鼓励学生分析剧中的冲突点，讨论可行的解决方案，从而培养他们的批判性思维能力。

有效提升学生对剧本深层含义的理解能力，以及对角色内在情感的挖掘能力，是教学活动所要达到的具体目标。戏剧不仅仅是台词和动作的组合，更是人物心理和情感的展现。我们需要通过一系列的表演练习，帮助学生深入角色内心，体验并表达人物复杂的情感世界。

即兴表演，是打开学生情感大门的关键。通过没有严格剧本限制的即兴表演，学生可以自由地探索角色在不同情境下的反应，从而更好地理解角色的动机和心理状态。这种表演练习不仅激发了学生的创造性思维，还增强了他们对人物行为的直觉理解，加强了演员表演的肌肉记忆。

情绪记忆法，则进一步加深了学生对角色情感的理解。通过回忆个人经历中的真实情感，并将其应用到角色身上，学生能够更真实、更深刻地表达人物的情绪。这个方法可以让学生学会如何从自身经历中汲取力量，进而投入角色之中，使表演更加动人、有说服力。

此外，角色互换的练习也极为重要。学生跳出自己的舒适区，扮演剧中的不同角色，不仅能帮助他们站在不同人物的视角看问题，而且有助于培养他们的同理心。在体验了不同角色的心理变化后，学生可以更全面地把握剧中的人物关系和冲突。

为了进一步提升学生的批判性思维能力，我鼓励他们分析剧本中的冲突点。采用小组讨论的方式，每个学生都有机会表达自己的见解，并提出解决方案。讨论不仅能加深学生对剧情的理解，还能锻炼学生的逻辑思维能力和问题解决能力。

这些富有层次的教学方法，可以帮助学生在戏剧表演中实现情感与思维的深度融合。这不仅能使他们更准确地捕捉到并呈现出角色的内在情感，还能促进他们在现实生活中的心智成长。戏剧教育的真正价值，在于它能教会学生如何通过艺术的形式去感知世界和理解他人，成为有同理心和批判性思维的人。

在技术与表演指导方面，演员之间的眼神交流和肢体协调，这对于提升小品的整体表现力至关重要。教师可以通过细致的舞台布局和准确的灯光应用来强化戏剧的氛围，使观者能够清晰地看到"特写式"的舞台表演。

为了改进和完善教学方法，我们还建立了一个包含同行评审和学生反馈的评价体系。这不仅有助于提高教学质量，不断优化作品内容，还能引导学生自主学习，实现自我提升。

总结整个创作和教学过程，我认为最重要的是保持对艺术的热情和对学

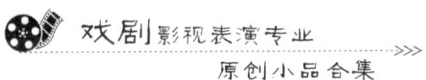

生成长的关切度。《和你在一起》是一部小品,也是一个教学案例,展示了如何通过戏剧教育来激发学生的创造力和同理心。展望未来,我期待着将这种教学方法推到其他院校,让更多的学生能够从中受益。

那个时候……

那　刚　吴骏杰　郑佳俊

【四人背对着观众坐在四把转椅上。

【音乐。

四人　喂，张总……

1　您要的文件，是吧？

2　您现在要吗？

3　我这就给您送过去……

4　您放心……

【四人滑动转椅到四个不同的位置。

1　喂，那总，唉！好的！

2　喂，李老板，是的！这个一定给您弄好！

3　喂，主编啊，文件我已经弄好了！

4　喂，吴秘书，没问题，马上到！

【四人站在不同方位互相传递转椅，速度越传越快。四人穿插走位，在忙碌的小跑中不断地接电话。然后挤进电梯，各自回到家中，挂掉电话。

四人　好的！拜拜！

1　累……

2　真累……

3　太累了……

4　累死我了……

【四人掏手机打电话。

四人　喂，干吗呢？嗨，刚下班！哎……累死了！

4　唉,不如我们出来聚聚吧!

3　我同意!

2　可以啊!

1　不反对!

四人　老地方见!

【女生推椅子上,化妆。男生准备出门……分别以四种不同交通方式赶路……转景进酒吧。

1　唉,对不起,对不起!

三人　切!(一起转身)

1　那什么……

4　下班高峰!

1　那什么……

2　打不着车!

1　那什么……

3　跑着来的!

1　对!

三人　滚!(一起转回来)

1　得!我自罚一瓶!(喝酒)

三人　(起哄)乖……哈哈……

4　最近公司怎么样?

2　别提了!

3　烦死了!

1　说好了啊,今天不谈烦心事儿。来,走一个!

四人　干!(喝酒)

1　这段时间可把我累坏了……起早贪黑,天天加班都快成打更的了……

2　我天天在天上飞来飞去,都快成空姐了。

3　我天天迎来送往陪客户,整个一陪侍。

4　我是天天找关系跑门路,都快成中介了……

1　哎哎哎！咱不是说好了今天不谈烦心事儿嘛。

三人　对！不谈烦心事儿！

四人　干！（喝酒）

2　哎！你怎么个意思啊，养鱼呢？

4　我这要是养鱼，她那儿就是鱼塘！

3　别别别，我喝！我喝！

【一个接一个地抱怨……

1　凭什么！我昨天晚上加班加到两点，今天早上我就迟到五分钟，就五分钟。我们那老板扣了我一个月奖金，凭什么？咱们上大学那会儿，十五分钟那可是我们的有效迟到时间，十五分钟之后才算旷课呢！他凭什么呀？

2　你这算什么呀，瞧哥们儿我，就为了一张单子，前前后后忙活了大半年，这风里来雨里去，雨里去乎风里来……就因为说错了一句话，得！单子没了，哥们儿我失业了！

3　我呢？我为了开个店，盖几个章，整天跑这个局，跑那个处的，这都一个月了，腿都快跑折了，章还没盖好！别人办点事就容易，我办点事怎么就这么难！凭什么？

4　哼哼，（冷笑）凭什么？我进这家公司两年多了，我也是没白天没黑夜地干，那个女孩儿，一个刚毕业的本科生，一进来就直接当我们部门的主管，凭什么？

【四人背身，自顾自地说着向后走，然后一起转过身来。

四人　凭什么！

【四人慢慢冷静下来，回到自己的位置上。

1　不是，我们这是怎么了？

2　就是，不是说好了出来玩儿不谈烦心事儿嘛。

1　不谈烦心事儿。

3　不谈烦心事儿。

2　哎，不谈不谈……

3　以前我们不是这样的。

2　我总觉得我们好像……丢了点什么。

4　唉！我也是！

2　是吧？以前吧,我什么都没有,但是我很快乐。

3　以前吧,我挺容易知足的。

4　以前,我觉得生活挺美好的。

1　以前我没觉得有这么多破事儿啊……

四人　唉……

1　还是那个时候好啊！

三人交流　哪个时候？

1　就是……那个时候……

【上课铃声远远地传来。

四人　哦……那个时候！

【四人向前摘下面具,放下,灯光重新亮起。

四人　上课咯,上课咯,上课咯！

4　起膩(立)！

四人　老师好！

4　请着(坐)！听写！

【四人做一系列上课动作。

1　那时候的我们没头没脑……

4　那时候的我们童真童趣……

2　那时候的我们嬉皮笑脸……

3　那时候的我们简简单单……

1　那时候的我们总是沉迷在那些……那些……那些

【音乐:《流星花园》主题曲。

四人　就是这个！

1　道明寺,你怎么可以介(这)样纸(子)？

2　花泽类,要不然你想我枕(怎)样？

1　你这样涊(做)对杉菜很不公平耶！

4 够了啦！不要再说了！这样会让我很尴尬！

1 杉菜，你在说什么啊？他这样对你难道不用 say sorry 吗？

2 拜托吼，sorry 有用要警察干吗？

1 你！

3 好了啦！你们让她自己做决定了啦……

三人 哎，你很奇怪哎……哈哈……

1 那个时候的我们就是这样……

4 我们总幻想着自己是电视剧里的女主角……

2 男主角。

3 那时候我们憧憬……

1 懵懂……

2 追求……

4 我想……谈恋爱！

【音乐：《雨中旋律》。

【上课传纸条。

1 老师，你听我解释，这不是我写的……

2 少废话！叫你爸妈来！你们俩也是！

3 老师，这事儿和我没关系，我只是吃东西，不，不是……

4 老师，是他写给我的，我不知道……

3 老师！

4 老师！

1 老师！

四人 我错了！

四人 那个时候……

【四人转身，戴起面具。

2 那个时候，不管我犯了什么错只要真诚地说声"对不起"就可以得到别人的原谅……

4　那个时候,只要给我两根冰棍儿我就可以开心一整天……

3　那个时候,所有的困难对我来说都是一桩小事情……

1　那个时候,我会用沙子堆一个大大的城堡,只要不喜欢了,我就可以一脚踹倒,重新再盖一个……

三人　对,重新再盖一个……

4　哎……那个时候,幸福是件很简单的事儿!唉,你说现在呢?

【众人表示无奈。

3　(漫不经心地)现在啊,也许简单就是件幸福的事儿!

三人　也许简单,就是……

【三人重复,忽然像是发现了新大陆般激动。

2　我明白了!

1　我也是!

4　我懂了!

3　我知道!

四人　我知道我们到底丢了什么了?

1　我先说,我丢失的是乐观的生活态度!

4　我丢失的是简单的生活目标!

2　我丢失的是面对挑战的勇气!

3　我丢失的是永不言败的精神!

1　没错!所以我们要认真自信地过好每一天,不能给自己的今天留下任何的遗憾!

2　是的!因为今天的这个时候,也会成为明天的……

四人　那个时候!

4　对!从明天开始,我要大声地告诉自己:"面包会有的,牛奶也会有的,一切都会好起来的!"

1　从明天开始,我要每天对着镜子说:"你是最棒的!"

3　从明天开始,我要大声地告诉自己:"我一定会成功的!"

2　嘿,混不好我就不回来啦!

四人　哈哈……干!

【收光。

——幕落

《那个时候》
原创小品视频

《那个时候……》剧照

　　小品《那个时候……》是由那刚等人编剧,那刚导演,戏剧影视表演专业学生童安格、吴骏杰、郑家骏、夏威圯、吴孙晓菁等人表演的原创小品。

　　2012年,小品《那个时候……》在"花样年华"全国第三届大学生短剧小品大赛中获表演作品二等奖、导演奖、创作三等奖,参演学生童安格获个人最佳表演奖。

　　2012年2月,该作品代表浙江省,作为戏剧类(专业组)唯一作品,参加全国第三届大学生艺术展演现场展演,获乙组(专业组)一等奖、优秀创作奖,指导老师获优秀指导教师奖。

　　该作品在浙江省教育厅、省文化厅、省财政厅、浙江广电集团、团省委等部门联合举办的2011年浙江省大学生艺术节的展演活动中,荣获戏剧类(专业组)作品一等奖(榜首)、优秀创作奖,指导老师获优秀指导教师奖。

时光的回响
——《那个时候……》创作心得与教学方法

在创作原创小品《那个时候……》的过程中,我经历了一次印象深刻的心灵之旅,也从中获得了诸多宝贵的经验和启示。在纷扰复杂的现代社会里,我们每个人都像忙碌的齿轮,不停地转动着,追逐着各自的梦想。然而,在这样的生活中,我们是否停下过脚步,回顾那些曾经轻轻拂过我们心扉的青葱岁月?小品《那个时候……》就重现了大学时的片段,它像一面镜子,映照出我们对时间的态度和对生活的思考。同时,通过将这一创作过程与教学相结合,我也对艺术创作的教育方法有了新的认识和思考。

一、创作体会

(一)主题的挖掘与灵感来源

这个故事的主题源于对当代大学生毕业后生活状态的观察和思考。在如今快节奏、竞争激烈的社会环境中,初入职场的大学毕业生往往承受着巨大的工作压力,容易陷入对过去美好时光的怀念。这种普遍存在的情感共鸣成了我创作的灵感源泉。

小品《那个时候……》以四个已经大学毕业的同班同学的现实生活为切入点,通过描绘四个大学毕业生聚会时对工作的抱怨和对大学时光的怀念,展现他们各自承受的社会压力与面临的挑战,以及他们的疲惫与迷茫。在一次聚会上,四人回忆起大学时的那些欢乐与泪水,那些关于青春的故事如同老照片一般,一幕幕展现在观众面前。通过运用这种蒙太奇式的叙事技巧,我试图构建一种跨越时空的对话,让过去与现在相互映照、相互启发,希望能够引发观众对于时光流逝、珍惜当下的深刻思考。

(二)人物塑造与情节构建

在人物塑造方面,我力求让剧中的每个角色都有鲜明的个性和独特的经历。主角们的抱怨和吐槽不仅是表面上的情绪宣泄,还展现了不同性格、不同背景的人在面对生活挑战时的真实反应。

在情节构建方面,我采用时空穿越的手法,让主角们重新回到大学时光,通过一系列的回忆场景,展现青春的美好与纯真。这种对比强烈的情节设置,旨在突出人们在不同人生阶段的心态和对生活的感悟。

(三)艺术表现形式的选择

为了更好地传达故事的情感和主题,在艺术表现形式上,我侧重对场景的营造和细节的刻画。精心设计的大学校园的场景,包括教室、操场、宿舍等,让观众能够身临其境地感受青春的气息。

在语言表达上,力求生动、自然,既要有年轻人的活力和幽默,又要有深刻的内心独白和情感抒发。同时,运用音乐、灯光等元素来营造氛围和烘托情感。

二、教学心得

(一)引导学生观察生活,激发创作灵感

在教学过程中,我深刻体会到引导学生观察生活、关注社会现象的重要性。只有从真实的生活中汲取素材,才能创作出具有感染力和生命力的作品。教师可以组织学生进行社会调研、生活观察等活动,让他们学会发现身边的故事,培养其敏锐的观察力和感知力,从而激发创作灵感。

在教学过程中,我采用了情景模拟与回忆分享的方式,让学生置身未来的某个时刻,想象自己在回顾现在的学生生活。通过角色扮演,学生重现了考试前的紧张、社团活动中的欢声笑语、恋爱中的甜蜜与苦涩。这些情景不仅能激发学生对过往美好时光的怀恋,还能使他们感受到时间的流逝与青春的宝贵。

(二)培养学生的人物塑造和情节构建能力

在指导学生创作时,应注重培养他们塑造人物形象和构建情节的能力,让学生学会从人物的性格、背景、动机等方面入手,塑造出丰满、立体的人物形象。同时,通过分析优秀的文学、影视作品,让学生了解不同的情节结构和叙事手法,帮助他们学会构建富有张力和吸引力的故事情节。进一步地,通过小组讨论的形式,学生分享自己对未来的规划和梦想,探讨了管理时间与珍惜当下的重要性。这样的互动不仅帮助学生建立起对未来的积极展望,还激发起他们对生活的热爱和对时间的敬重。

(三)鼓励学生勇于创新,尝试多种艺术表现形式

在教学前期,我鼓励学生在创作中勇于创新,尝试不同的艺术表现形式和手法,不要局限于传统的模式和套路,要敢于突破常规,展现个性和独特的艺术风格。提供多样化的艺术资源和创作工具,让学生有机会接触和尝试不同的艺术形式,如戏剧、电影、音乐、舞蹈等,拓宽他们的创作视野和思维方式。在教学后期,我鼓励学生发挥自己的创造力,将即兴表演台词固定下来,并不断凝练,编写属于自己的蒙太奇式的故事或创作相关的艺术作品。这一过程不仅锻炼了他们的创新思维和表达能力,还使他们更深刻地体会到作品所要传达的主题和情感内涵。

《那个时候……》以其独特的艺术魅力和教育意义,成为一部能够引人深思的作品。它告诉我们,每个人的生活中都有值得回味的美好瞬间,而这些瞬间正是我们面对未来时坚实的力量源泉。通过这部作品,学生在艺术创作上得到了锻炼和提升,也让我在教学过程中积累了宝贵的经验。我希望学生通过这部作品能学会珍惜每一刻,勇敢地面对未来,成为具有创造力和批判性思维的人。让我们在时光的长河中,寻找那些激励我们前行的回忆,把握现在,拥抱未来!

圈　儿

那　刚

人物　爸(老焦)、妈、小伦、大鹅

【街上密集的鞭炮声,噼噼啪啪……

爸妈　小伦,小伦……

妈　你上那儿叫去,我还以为有回音呢。

爸妈　儿子,小伦……

妈　老焦啊,你那儿有没有啊?

爸　有我还杵着干吗?

妈　是啊!你还杵着干啥,赶紧给他打个电话。

爸　哦!

妈　赶紧的。

爸　关机了。

妈　这咋还关机了呢?你说……你说这大晚上的孩子会不会出啥事儿啊?

爸　嗨,你把人家手机摔得稀碎,他能不关机吗?

妈　哦,这能怪我吗?你说他放假回家屁股还没坐热乎就往外跑,三更半夜回来一句话没有,就开始刷他那个朋友圈儿,朋友圈儿比他爹妈还亲哪,一瞅他我就来气。

爸　那你也不应该摔他手机。

妈　我这不是……一着急嘛!

爸　哎,行了,行了!你这脾气以后得改改,你说这孩子大了,有自己的圈子,有自己的生活方式,你当……

妈　行行行！就你最聪明，就你最明白，行了吧？咱家就我一个恶霸。

爸　我没这意思。

【大鹅从舞台的另一侧拎着烧纸桶往中场走来。

妈　哎，小姑娘，你从那边儿过来啊？

大鹅　嗯。

妈　你有没有看见一个小伙子，高高的……

爸　胖胖的。

妈　戴一副黑框眼镜儿。

爸　穿一件黄色马甲。

妈　你见着没啊？

大鹅　没有，没看见。

妈　好，谢谢啊……（打爸）那你还愣着干啥啊？赶紧那边找找去。

爸妈　小伦，小伦……

妈　你说他出门连件外套都没拿，万一冻感冒了怎么办啊！

爸妈　儿子，小伦……

【小伦上。

大鹅　哎！你没长眼睛啊，你踩着我圈儿了！

小伦　什么圈儿？

大鹅　我烧纸画的圈儿。

小伦　没看见。

大鹅　这就完啦？道歉！

小伦　对不起！

大鹅　你对着圈儿说。

小伦　对不起！真倒霉。

大鹅　遇着你我才倒霉呢，你长眼睛干什么用的，喘气儿用的？长那么大个儿晃晃悠悠的……

小伦　小姑娘你别得寸进尺啊。

大鹅　怎么着？

小伦　我要不是见你是一女的，我早就……

大鹅　呀，你还想打我咋的，你试试看呢你！

【小伦一把抢过棍儿来，把棍儿折断了，大鹅哭。

大鹅　啊……来人啊！打人啦！

小伦　我什么时候打你了啊？

【大鹅继续哭，哭声很有特点，引起了小伦的注意。

小伦　大鹅！（大鹅应一声接着哭）哎，你真是大鹅！你这哭声太有特点啦，我一下就认出你啦！

大鹅　你谁啊？

小伦　我！竹竿儿！哎，北山小学，你妈是我小学班主任。我坐最后一排，整天给你塞零食的那个。想起来没？海带丝儿……山楂片儿……大大泡泡糖……

大鹅　哦！竹竿儿！

小伦　对啊！来来来，快快快，快起来！

大鹅　你现在怎么长这样了？

小伦　嘿嘿，一不小心，发育过猛了呗。你也是，一下都长这么大了，你要不哭我都认不出你了。哎，何老师最近咋样啊？我都好几年没见着她了。哎，要不这样吧，我叫上咱们班同学一起出去聚聚呗，我请客！哦，烧纸呢。给谁烧呢？

大鹅　我妈。

小伦　何老师！这……这是什么时候的事儿啊？

大鹅　一年前。

小伦　这……这怎么这么突然啊？

大鹅　妈，我来给你送钱了，你在那边过得好吗？家里都挺好的，你别惦记，爸爸的病也好多了。对了，我期末考试前进了十几名呢，高兴吗？对了妈，昨晚我还梦着你了，梦见在咱家的老房子里，你嫌我吃饭剩饭碗，满院子追着打我，街坊邻居们都出来看热闹，你打我打得可疼了呢，但是我还是很开心。

小伦　何老师,我是竹竿儿,你说这也太巧了在这儿"碰"到您。我读大学了,在浙江读书呢,学的是艺术,以前您不是总说我有文艺天赋嘛,还真让您给说着了。以前我总是惹您不高兴,记得有一次,全班就我一个人没写作业,我以为你要拿着课本打我呢,结果你拿着课本看着我沉默了三秒钟,然后对我唱:Only You……那一幕我一直忘不了。

【大鹅开始抽泣,且声音越来越大。

小伦　哦!不好意思,大鹅。我不是故意说这些让你难过的。(大鹅转身走)大鹅,大鹅你别哭了,真的不好意思!哎!大鹅,人都已经没了,哭也没有用,你得坚强点儿。人死不能复生啊……

【大鹅哭得更厉害了。

大鹅　哎呀!你怎么这么烦呢!

小伦　哎!要不大鹅,额……你这么想,想开点,你看,其实一个人生活也挺好,自由没人管,想干吗干吗?你看我倒是有妈呢,可我一回来她就跟我闹别扭,还把我手机砸了。这大过年的,没手机咋行啊!我咋和我圈儿里的朋友联系啊!早知道这样我就不回来了,惹我一肚子气……

【大鹅怒不可遏地推倒小伦。

大鹅　你懂什么?你说这话,是因为现在你妈还在,等哪天要是你妈没了,你再试试看。

小伦　哎,我这么说就是想让你心里能好受点!我没别的意思。

大鹅　对不起,我就是心里憋得慌,想哭　场。

小伦　没事儿,能理解。

大鹅　当年,要不是因为我年轻不懂事,她就不会大半夜出门找我,更不会发生那场车祸,我看着她倒在雪地里,手里还紧紧地攥着我的外套。无论我怎么喊她,她都没有回应,现在说什么都晚了。以前,我嫌她唠叨,我觉得跟她没什么好聊的,只有朋友圈儿才是最重要的,直到现在我才明白:哪个圈儿,都没家这个圈儿重要;哪个朋友离了我都能活,可我离了我妈就真的活不下去了,活不下去了!如果能再给我一次机会,哪怕她打我、骂我,只要她还在我身边……

小伦　大鹅,别哭了！你说得对,什么圈儿,都没有家这个圈儿重要。以后有什么事儿就跟我说,我就是你亲哥哥,我爸妈就是你爸妈,咱们就是一个圈儿啊！

大鹅　谢谢！

小伦　行！哪天来我家认认门,我爸妈可好了呢,嘿嘿……

大鹅　哦！我想起来了,刚才有一对儿叔叔、阿姨在找儿子,是不是在找你啊？

小伦　找我？

大鹅　黄马甲、黑框眼镜儿……哎,对对对,他们找的就是你！

小伦　(有点儿慌)那……那他们往哪里去了啊？

大鹅　他们好像往那边去了,还愣着干吗？还不赶快去找,我和你一起去找。

【小伦、爸、妈上场互找,终于在路口撞见。

爸　小伦啊,你这大晚上上哪儿去啦？到处找你,手机别修了,赶明儿爸再给你买个新的,好不好？

妈　小伦啊,妈刚才不是故意要摔你手机的,妈给你道个歉啊！我就是想跟你多说两句话。

爸　小伦啊,你妈呀,她就这脾气,你让着点儿她,我都被她欺负了一辈子了。儿子啊,今天着急要你回来,是因为你妈今天提前退休了。我们怕你在外面吃不好,想等你回来跟你商量,要不她去你学校附近租个房子,照顾照顾你啥的。

妈　小伦啊,你要是不愿意,妈就不去了,妈都听你的,好不好？(妈上前)你看你手冻得冰凉。老焦,赶紧给儿子捂捂……

小伦　妈、爸……对不起！对不起！

妈　你说这傻孩子,爸妈还能怪你啊！

爸　不哭了,不哭了啊！哭啥啊？

妈　走,回家。

爸　走,咱们回家。

小伦　大鹅！大鹅！

妈　大鹅是谁啊？

小伦　哦,一个朋友。

爸妈　来来来,先回家。啊,太冷了!

【大鹅上场,远远地看着他们一家三口,欣慰地微笑着。

小伦　哎,当心点,咱别踩了人家的圈儿!

爸妈　圈儿?

【收光。

——幕落

《圈儿》原创小品视频

《圈儿》剧照

《圈儿》剧照

　　小品《圈儿》是由那刚编剧，那刚、姚春宏老师联合导演，戏剧影视表演专业学生赵晨希、秦修伦、卢铭佳、宋勋等人表演的原创小品。

　　小品《圈儿》在浙江省教育厅、省文化厅、省财政厅、浙江广电集团、团省委等部门联合举办的2017年浙江省大学生艺术节的展演活动中荣获戏剧类（专业组）作品一等奖（榜首）、优秀创作奖，指导老师获优秀指导教师奖。

　　2018年4月，该作品代表浙江省，作为戏剧类（专业组）唯一作品，参加全国第五届大学生艺术展演现场展演，获乙组（专业组）一等奖、优秀创作奖，指导老师获优秀指导教师奖。

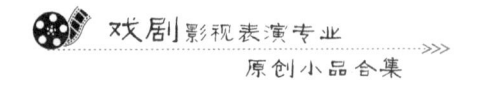

心灵的探索和情感的呼唤

——《圈儿》创作心得与教学方法

在数字化的浪潮中，我们每个人都是科技革命的见证者和受益者。智能手机、社交网络、即时通信等技术不仅极大地便利了我们的日常生活，还在无形中重塑了社会结构和人际关系的脉络。然而，随着信息的无限扩散和虚拟社交圈的膨胀，一个尖锐的问题随之浮现：在享受互联网带来的种种便利的同时，我们是否正在丢失那些根本的人际情感联系？

亲情是人与人情感交流中最为真挚的部分，它基于血脉的联系而显得尤为珍贵。作为人，我们应当对世间的一切心存敬畏，对给予我们生命和陪伴的人心怀感激。对于那些在不同阶段帮助过我们的人，我们应铭记于心；对于与我们共度时光的人，我们不应轻易放弃；对于抚养我们长大的父母，我们应保持关怀；对于真心爱我们的人，我们应以同样的真心回应……

该作品通过一个大学生的视角，揭示了当前年轻人在面对家庭观念和社会责任时的迷茫与淡漠。他们沉溺于虚拟世界，投入大量时间和精力在屏幕构建的社交圈中，往往会忽略现实生活中更为重要的人际情感。这种现象令人忧虑，在我们投注大量时间和精力于虚拟世界的同时，我们或许正渐渐忽视那些更真切、更值得我们珍视的情感纽带——家的重要性。

该作品深入探讨了"圈儿"的概念，从字面上的"圈儿"扩展到人与人之间的情感纽带，引导我们要懂得感恩，学会珍惜、理解与关爱他人。生活中不可避免会有遗憾和迷茫，有失意和徘徊，但只要我们能够认清自己的内心，明确人生的方向，就能迎来希望的曙光。在剧中那个充满人情味的十字街头，在简单的"圈儿"面前，一家人开启了新的人生旅程。

此剧本的创作，深受我个人经历的影响。每次春节回家，我都想好好陪伴父母，然而离别时，心中的愧疚与后悔都会涌上心头。这种情感体验促使我反思：在享受科技带来便利的同时，我们是否忘记了作为子女应有的陪伴与关爱？无形中，家的重要性是否正在被我们忽略？

因此，我在剧本中特别强调了亲情的价值和感恩的意义。剧中"烧纸"的习俗不仅是地域文化的体现，还是一种象征——它代表着对过去的追忆、对未来的期望和对亲人的无尽牵挂。通过这一典型事件的展开，我希望观众能够认识到，无论时代如何变迁，人与人之间真挚的情感纽带始终是生命中不可或缺的力量源泉。该作品避免了空洞的说教，通过一系列生动的冲突来展现事件的发展和转折。情节设计巧妙且可信，人物性格鲜明、语言质朴、情感真切。在十几分钟的表演时间里，该作品如同一个窗口，让观众得以洞察生活的本质，从而达到释放情感、净化心灵、陶冶情操的目的。

在教学方法上，我们主张遵循心理现实主义的创作原则，通过平行蒙太奇等叙事技巧来突破传统戏剧结构的限制，使作品更加贴近现实，更加触动人心。同时，也强调通过冲突和情节转折，使人物形象鲜活起来，在较短的时间里展现出创作者对生活的深刻思考。

这不仅是一次艺术创作，更是一次心灵的探索和情感的呼唤。它旨在提醒我们，在这个信息爆炸的时代，我们需要重新审视科技与情感的关系，找到平衡点。我们应该努力成为情感的守护者，让温暖的人际联系成为连接我们彼此的坚固桥梁。只有这样，才能确保在数字时代的洪流中，我们不会失去那些最根本、最温暖人心的情感联系。

熊猫的礼物

那 刚　耿 耿

一、时　间

【幕启。从车水马龙的街景，切换到安静的街角，街角的时钟发出嘀嗒声。定点光照亮静止不动的熊猫（人偶），他圆滚滚的，手里拿着许多棒棒糖。川流不息的车流声淹没了钟声。舞台渐亮，人物开始动起来，脚步声、说话声、手机铃声充斥进来，声音嘈杂。

【熊猫张开双臂，有人路过他离开，有人拥抱他后离开，有人走向他又停住，茫然四顾，又往回走。

【在人物做着这些动作的同时，嘈杂的声音渐远，变成背景声。一个男人的旁白响起。

旁白　都市里的人们慌慌张张，匆匆忙忙。我希望人们在这儿做些许停留后，能更好地出发，包括我自己……

二、选　择

【田甜滑着旱冰鞋上场。

田甜　呜……哈哈哈……

【田甜看到熊猫很好奇。

田甜　自由拥抱？

【田甜蹲下去慢慢读板上的字。

田甜　你好，大熊猫！哇，好可爱呀！

【田甜站起来摸摸熊猫。

熊猫　你还好吗？

田甜　我……我不好……

熊猫　为什么？

田甜　喏，那是我妈妈，在教我弟弟滑旱冰，妈妈每天都陪着弟弟，陪他写作业，陪他滑旱冰，我知道我长大了，能自己写作业，能自己滑旱冰了，可是，可是我多想妈妈也能陪陪我……

【熊猫再次张开双臂，田甜拥抱熊猫，肩膀抖动。

熊猫　你喜欢弟弟吗？

田甜　我不喜欢弟弟，但是，我爱妈妈，妈妈说，我和弟弟就是他的一对翅膀，无论缺了哪一个，她都无法飞翔。

熊猫　那祝你们飞行愉快！

【熊猫递给她一根棒棒糖。

田甜　糖，嘻嘻嘻，谢谢！（拥抱）其实，这些话我从来没在妈妈面前说过。

熊猫　那现在呢？

田甜　现在好多了，谢谢大熊猫！那我去找他们玩儿啦，再见！

熊猫　再见！

田甜　（跑回来）大熊猫，糖，可以再给我一根吗？我给我弟弟……

熊猫　当然可以！

田甜　（笑着说）谢谢大熊猫！再见！耶！

【田甜快乐地滑着旱冰鞋下场。

三、漂　泊

【丁晓铮出现在舞台的角落，她看着刚才的一幕，若有所思。想要说些什么，却欲言又止，默默地从熊猫身边走过。刚走几步又踟蹰不前。

丁晓铮　（略带羞涩和紧张）嗨……

熊猫　嗨！

丁晓铮　我能……在你边上……坐一会儿吗？

熊猫　当然可以。

【丁晓铮坐下来，几番想要开口，最后转为一声轻轻的叹息……

熊猫　你还好吗？

丁晓铮　我好累啊……我每天都是一个人挤地铁，一个人吃饭，有加不完的班和熬不完的夜，一不小心还会被淘汰。（委屈地）可是，我已经很努力了呀……

熊猫　那你为什么不回去呢？

丁晓铮　我不想就这样回去。我还记得我第一次登上北高峰时候的感受。杭州是一座美丽的城市，有美丽的西湖，还有繁华的钱江新城。这里有数不尽的发展机遇，这里还有我的梦想。我不甘心！我一定要在这扎根、开花、结果！

熊猫　（指着后面的钱塘江畔）把你的愿望大声地喊出来！

【丁晓铮顺着熊猫手指的方向，望向钱塘江畔，鼓起勇气跑过去大声地喊。

丁晓铮　我一定会成功的！说出来以后，好受多了。

熊猫　祝你成功！加油！

丁晓铮　加油！

熊猫　吃根棒棒糖吧，吃点甜的心情会好些。

丁晓铮　谢谢！

【丁晓铮下场。

四、错　过

【醉汉摇摇晃晃地上场，被熊猫吓了一跳，揉了揉眼睛。

醉汉　嗯？（上前）熊猫？喂！哥们儿！玩行为艺术呢！如果你需要安慰和鼓励，请抱抱我，自由拥抱！喂！哥们儿！我不要拥抱，陪我喝点。

【醉汉趴到熊猫怀里。

熊猫　你还好吗？

醉汉　好……熊猫兄弟，她结婚了！

熊猫　谁？

醉汉　我小师妹，我一直以为我不喜欢她，但是我今天眼睁睁地看着她穿着婚纱，挽着别的男人的手，我心里就特后悔！他会对她好的，对吗？

熊猫　会的。

醉汉　那就好……那就好……（唱）妹妹你大胆的往前走……

熊猫　等等！给你一根棒棒糖吧！伤心的时候少喝酒，吃点甜的，心情会好一些。

【醉汉接过棒棒糖，拍了拍熊猫的胸脯。

醉汉　谢谢你，兄弟！

【醉汉下场。

五、重　生

【舞台光启，一对中年夫妻上场。

邓丰　就到这儿吧。

沈洁　嗯。

邓丰　我往这边儿。

沈洁　我……往那边儿。

邓丰　唉，咱们以后还见吗？

沈洁　算了吧，这么多年天天在一起，还不腻啊？

邓丰　那……祝你幸福……

沈洁　好，你也是！少抽点儿烟！

沈洁　大熊猫，你能……抱抱我吗？

熊猫　你还好吗？

沈洁　我们在一起十年了，今天我们离婚了，以后我们就什么关系都没了，以后我们就什么关系都没了……（哭泣）

熊猫　你后悔吗？

沈洁　后悔？

熊猫　五年、十年后，你会为今天做的决定后悔吗？

沈洁　我不知道……

熊猫　不知道就是没想好，没想好就是不确定，这么匆忙决定干什么，现在追还来得及！

沈洁　谢谢你，大熊猫！谢谢！

【熊猫拿出导盲棒下场。

【所有人从四面八方穿着熊猫服跑上舞台。

丁晓铮　我能抱抱你吗？

邓丰　我能抱抱你吗？

醉汉　我能抱抱你吗？

沈洁　我能抱抱你吗？

熊猫　（其他身份）我能抱抱你吗？

田甜　我能抱抱你吗？

所有人　让我，抱抱你吧！

【收光。

——幕落

《熊猫的礼物》
原创小品视频

熊猫的礼物

《熊猫的礼物》剧照

小品《熊猫的礼物》是由那刚、曾乐导演,张徐泽、李佳婧、蔡语菲、魏浩哲、孙仁东、谢佳娴等人表演的原创小品。该作品为2023年浙江省文化艺术发展基金资助项目,曾荣获2023年浙江省大学生艺术节乙组(专业组)一等奖、优秀创作奖,指导老师获优秀指导教师奖。

37

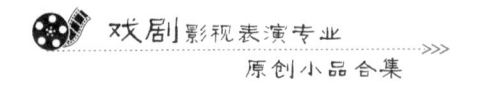

人性的温度与心灵的触碰

——《熊猫的礼物》创作心得与教学方法

在喧嚣的城市节奏中，我们每个人都像是一个急速旋转的齿轮，不停地转动着，往往会忽略彼此间的"润滑"与关照。原创艺术小品《熊猫的礼物》便在这样的背景下应运而生，它不仅是一场视觉的盛宴，更是一次心灵的触摸。通过一套可爱的熊猫玩偶服和一双张开的臂膀，作品向过往行人传递了一份无声的邀请，创造了一片温馨的绿洲，让人们在快节奏的生活中暂时驻足，感受到简单、纯粹的关爱。

该作品的创作灵感源自都市街头的免费拥抱活动，它以轻松而深刻的方式探讨了现代快节奏生活中人与人之间渐行渐远的关系，表达了人们对人文关怀的强烈渴求。这个主题不仅触动了我的创作灵感，还让我深入思考如何通过艺术来唤醒人们内心深处对于情感连接的需求，提醒我们在追逐物质和科技的同时，不应忽略人性的温度和心灵的交流。

教学过程中，我首先引导学生理解主题背后的深层含义，让他们认识到在这个物质丰富的时代，心灵的沟通和情感的交流同样重要。通过讨论和角色扮演，学生开始感同身受地体会每个角色的情感状态，从而更加深刻地理解作品想要传达的信息。

在创作心得方面，我们深感艺术作品的力量在于它能够跨越语言和文化的界限，直接与人的心灵对话。"熊猫的礼物"这一主题，通过一个可爱的形象和简单而又具有深意的行为——免费的拥抱，为人们搭建起了一座沟通的桥梁。这个拥抱不仅为忙碌的城市人提供了短暂的慰藉，还激发了人们对于人际关系和情感交流的思考。

在教学方法上，我们采用了情景模拟、角色扮演和小组讨论等多种互动式教学方法。通过情景模拟，让学生身临其境地体验角色的生活状态，感受他们的情绪变化。角色扮演则让学生有机会从不同的角度去理解和表达同一主题，这不仅能激发他们的同理心，还能提高他们的表达能力。小组讨论环节，我鼓励学生分享自己的观点和感受,用集体智慧来深化学生对主题的理解。

小品《熊猫的礼物》不仅是一次创作尝试,更是一次心灵探索和教育实践。它告诉我们,即使在冰冷的都市环境中,一个简单的拥抱也能传递出无限的温暖和力量。作为教育工作者,我们应当鼓励学生去发现生活中的美,感受人与人之间的情感,创造和分享那些能够触动人心的艺术小品。这样的教学和创作,不仅丰富了学生的学术体验,还为他们的人生增添了宝贵的情感财富。

倒　水

那　刚　沈晨洲　毕　晟

人物　阿洲、小宇、童安格、宇妙、毕老师

时间　某天下午

地点　某表演专业教室（服装、道具杂乱摆放）

【下午上课铃响，阿洲、小宇、童安格飞奔上场，宇妙紧随其后。

阿　洲　快看，老毕的车已经在楼下了，快！

宇妙、童安格　（赶紧喊）快……快！

宇　妙　哎呀，你们等等我，等等我……

【四人进入教室发现毕老师还没进来，赶紧收拾服装、道具，此时毕老师上场。

毕老师　一个个都迟到啊，越来越嚣张了！下午给我回什么课啊？

小　宇　《三块钱国币》。

阿　洲　对，《三块钱国币》。

毕老师　我现在要去开个会，今天系里组织学习，等我回来直接看回课。安格啊，给我去倒点水。

童安格　好的。（接过杯子下场）

毕老师　在教室认真准备。

【阿洲、小宇、宇妙连声应和，毕老师下场，小宇、宇妙边搬道具边谈论着，阿洲在一旁想着什么。

宇　妙　这老毕一走就飘过一阵香水味儿。

小　宇　毕老师说过，喷香水儿是对别人的尊重。

宇　妙　可他老不承认自己喷香水儿。

小　宇　因为他现在都是往衣柜里喷的。洲哥,过来搬道具了。

【阿洲不理。

宇　妙　阿洲,过来搬下道具嘛。

阿　洲　哎,我说你俩有没有觉得哪儿好像很不对劲啊?

宇　妙　没有啊?

阿　洲　你俩再好好想想,就从刚才毕老师进教室到出去,你们不觉得哪里好像很不对劲吗?

宇　妙　啊?哪有啊,你别吓我。

小　宇　妙妙搬景。

阿　洲　唉,我说你们好好想想,刚进教室我站这儿,你们俩站那儿,然后毕老师进来后说:我去开个会,系里组织学习,安格,给我打个水。你们不觉得这很奇怪吗?

小　宇　这有什么奇怪的,快搬景吧,排练了。

阿　洲　哎,你们听我说完啊,以前毕老师都是叫谁倒水的啊?

【阿洲、小宇不约而同地看向宇妙。

阿　洲　对啊,我就奇怪了,他今天怎么突然叫安格去倒水了呢?叫谁都不该叫他啊!

宇　妙　唉,的确哎!

阿　洲　妙妙,毕老师以前都叫你倒水那是因为他信任你,今天他突然换了个人去倒水,你是不是哪里做得不好,弄得毕老师对你有看法了?

宇　妙　没有啊,我一直做得很好的。

阿　洲　是不是上次你在垃圾街见着他,没打招呼?

宇　妙　没有!

阿　洲　那就是上次你给他打水掺了冷水,他喝出来了?

宇　妙　不可能的,我都是等那个灯跳成绿色才打水的。

小　宇　妙妙,搬景!

阿　洲　那这样看来,问题应该不是出在毕老师身上。哎,你们还记不记得上个礼拜五,我们表演课那天是毕老师生日?

宇　　妙　　嗯，记得啊。

小　　宇　　对啊，是我们在教室里一起给他过的嘛。

阿　　洲　　是的，在教室里的时候我们都在，可出了教室呢？你看见吗？你看见吗？你们说那天的事情会不会是这样儿的……

【灯光暗，毕老师上场，音乐起，阿洲、小宇、宇妙三人在交头接耳说着什么。童安格上场，在沙发后面突然拿出蛋糕。

童安格　　毕老师，生日快乐！（四人齐唱生日快乐歌，童安格示意停下）毕老师，许个愿吧！

毕老师　　哟，这蛋糕是提拉米苏的吧，挺贵吧？

童安格　　没有，没有，还好。

毕老师　　破费了啊，小伙子不错，哎，你出来一下，我有事儿和你说。

【毕老师、童安格下场，台上三人望着他俩离去。

阿　　洲　　你们看吧，事情是这样的。

宇　　妙　　不会的，不会的，毕老师不是那种人。

阿　　洲　　是啊，为了个蛋糕他不至于吧？

小　　宇　　我觉得你一定是想太多了，妙妙，搬景。

阿　　洲　　这怎么会是想太多呢，一点儿也不多！哎，我说昨天早上的早课你们还记得吧？

小　　宇　　早课？

阿　　洲　　是啊，我记得当时是这样儿的……

【灯光暗，音乐起，阿洲、小宇下场，毕老师上场，随后阿洲、小宇上场。

阿　　洲　　小宇，今天《弟子规》是抽查哪一章来着？

小　　宇　　好像是《谨》吧。

【阿洲、小宇边读边走进教室，发现毕老师在，迅速与宇妙靠拢，大声背诵，毕老师上前拍二人。

毕老师　　朝起早，夜眠迟啊，朝起早啊，挺早啊，迟到啊……

【童安格睡眼惺忪上场，阿洲幸灾乐祸，童安格上前向毕老师请假，表示自己肚子很疼。

毕老师　那第三、四节的台词课要准时到。

童安格　嗯，好的好的。（下场）

毕老师　今天背不完，全都不许下早课！一会儿我检查。（下场）

阿　洲　这也太过了吧？我是看不下去了，你们俩呢，怎么还无动于衷啊？

宇　妙　我也觉得这样很不对劲儿啊。

小　宇　我坚持我的立场，毕老师不是那种人，你们就是想太多了，赶紧，一起搬景。

阿　洲　哎呀，小宇！就别老是搬景了，你咋一点儿也不着急呢？

小　宇　大哥，是我说要回《三块钱国币》的，等下回不出课，他又要训我。

阿　洲　小宇啊，来来来！你看你又高又帅，长得跟陈坤似的，又那么用功，理应是以后毕业大戏的男一号啊。我说的是理应，现在就不一定了，你说安格他长得是不错，可他没你用功；你呢，光用功，公关没人家好。所以啊，毕老师是大戏的导演，男一号自然就……哎，人家每天爱排练的时候排练，外面再拍拍淘宝接接活儿，日子过得多轻松啊。演大戏了，人家又是男一号儿，太轻松了，还好我是不在乎，我也就长成这样儿了，但是你小宇哥必须得在乎啊！那是你应得的。（回头看到宇妙）妙妙，你是没心没肺的什么都不在乎，倒也是，至少他不可能和你争女一号儿。

小　宇　洲哥，你说真的是最近这段时间，他才和毕老师这么好的吗？会不会其实以前……

阿　洲　这就对了嘛，这大学根本就没你们想得那么简单！我说有可能在我们考学之前，他找毕老师上过小课，你们说有没有可能是这样的？

【灯光暗，音乐起，场上三人躲在沙发后面只露出头，毕老师、童安格上场。

童安格　从明天起，做一个幸福的人，喂马，劈柴……

毕老师　来，等一下，你看啊，牙关打开，从——明——天——起，来！

童安格　从——明——天——起。

毕老师　对了，要有画面感，要走心动情。

【童安格拿出一个信封给毕老师。

毕老师　这个……

童安格　老师,我妈妈让我把课时费给您,是课时费。

毕老师　啊……

【灯暗,两人下。

阿　洲　恶俗!太恶俗了!课时费,我呸!

【童安格拿着杯子上场,三人均不理他。

阿　洲　来来来,搬景搬景!(小宇、宇妙应和着,童安格也动手搬景,阿洲去制止)哎,别,我来我来我来,童大帅,我来!

【童安格疑惑,去搬沙发,小宇、宇妙同时过去制止。

小宇、宇妙　别别别,我来我来我来!

【童安格疑惑加重,又去搬茶几。

阿　洲　童大帅,别别别,我来我来我来,伤着咱们的男一号就不好了,有木刺。

童安格　干吗啊,你们干吗?

阿　洲　妙妙,这谁心里有病谁知道啊。

童安格　不是,我就出去了一会儿,你们干吗?

阿　洲　小宇,这谁心里有病谁知道啊。

童安格　不是,你们到底想干吗?

宇　妙　安格,毕老师今天为什么叫你倒水啊?

童安格　我怎么知道啊,倒个水怎么了?

小　宇　安格,你是不是知道自己是毕业大戏的男一号了?

童安格　什么?这是半年后的事儿,我怎么会知道?你们这是干吗啊?

阿　洲　好嘛,那我来告诉你我们在干吗。我问你,今天毕老师进来的时候你站在哪儿?

童安格　我站在这儿啊。

阿　洲　瞎扯!小宇在那儿,妙妙在那儿,我在这儿,怎么着也轮不到你去倒水吧?

童安格　你有病吧!我倒个水怎么了?

阿　洲　你有病！我这么高个儿这么大块儿站你前面，他不叫我倒，叫你，谁信啊？我说上个礼拜毕老师生日你为什么私自就买了蛋糕，一个蛋糕一百多块钱，大家平分一下每人也就四十多块钱，这钱你干吗要自己全掏呢？你心眼儿太多了，您有钱，淘宝哥。

童安格　就为了这么个蛋糕你至于吗？

阿　洲　至于！我还没说你考学前找毕老师上小课的事儿呢！

童安格　你胡说什么？我要是上过小课，我……我就是你孙子！

阿　洲　唉，孙子哎，不打自招……

童安格　你再说一遍！

【童安格欲动手，毕老师上场。

毕老师　干吗干吗？我不在一会儿就闹翻天啦！（鸦雀无声，众人站好）我说个事儿，下礼拜高雅艺术进校园推荐剧目，我选了《三块钱国币》，阿洲、小宇、宇妙，你们赶紧把这部戏给我弄好喽，到时候出去丢人了可别说表演是我教的。

阿　洲　啊？就我们仨？那……

毕老师　安格，你带着组里其他同学，把期末要汇报的几个戏赶紧连排起来。咦？安格，怎么没放茶叶啊？

童安格　对不起，老师，我忘了。

毕老师　没事。我忘记告诉你茶叶在哪儿了，最近事情太多。学校要评估，天天都是写材料的任务，忙昏头了。阿洲，去给我倒杯水，茶叶在桌上绿色纸盒里，给你钥匙。

阿　洲　啊？我去倒水？

毕老师　怎么着？

阿　洲　我不去。

毕老师　（一愣）先欠着，下次我给您倒水。（众人哈哈大笑）等下还有下半场会要开，你们自己好好排练，晚自修给大家补课。（从兜里掏出饭卡给阿洲）阿洲，晚上给全组同学一人买一杯咖啡提提神，谁要再给我排练犯困，看我不揍他。（笑了笑，语重心长地）台上一分钟，台下十年功,得对得起咱们干的这行。一分耕耘一分收获,学会了真本事是自己的,加油啊!

【毕老师退场,众人用疑惑的眼神望向阿洲。

阿　洲　哎,不,这不是这样儿的。

童安格　别别别,男一号,大戏男主角儿。

【阿洲生气欲走,众人将他拦住。

小　宇　好了,阿洲也是开玩笑的。

阿　洲　对对对,开个玩笑嘛,你看你。

【阿洲、小宇、宇妙围住童安格,抓他痒痒,弄得童安格哈哈大笑。

童安格　好了好了,大学里哪有那么多乱七八糟的事情,这里是很纯净的,咱们的老毕还是很可爱的。排练!

众　人　哈哈,对对对,排练,排练!

【音乐起,收光。

——幕落

以信任为镜,鉴师生关系与教育之道
——《倒水》创作心得与教学方法

在创作小品《倒水》时,核心是要构建一个充满生活气息且富有教育意义的情境,将信任元素巧妙融入其中,以展现校园中师生关系的多面性与重要性。

创作上,以老师让学生帮忙打水这一平常举动为导火索,点燃学生们内心对老师偏爱与否的猜疑之火。选择这样的情节,是因为校园里师生间的信任基石有时会因看似微小的事情而产生动摇。老师的形象是幽默风趣且与学生亲近的,本应充满信任的师生关系却因学生们的过度揣摩而出现裂痕。放置这样的情节冲突,不仅能迅速抓住观众的眼球,引发他们对校园生活中类似场景的回忆与共鸣,还能深刻地揭示出信任在师生关系中重要性。学生们毫无根据的各种推测、猜想,如认为老师与帮忙倒水的同学私下有交情,甚至笃定毕业大戏男一号的人选已被内定等表现,与老师实际的公正无私形成鲜明对比,更加凸显出信任缺失后的种种乱象,也为小品的反转蓄势。

从教学视角来看,该小品犹如一面镜子,清晰映照出诸多教育要点。它深刻地反映出学生在成长过程中,对公平和信任的认知尚不成熟。一点点疑似不公平的迹象就能让他们对老师的信任产生动摇,进而引发一系列的误解与冲突。这警示教育者在日常教学与班级管理中,要时刻留意公平原则的彰显,无论是给予学生展示机会、奖励荣誉,还是分配学习资源等,每一个细节都要做到公开透明,让学生切实感受到平等与公正,从而稳固师生间的信任根基。

同时,该小品也凸显了信任与沟通相辅相成的关系。学生们在缺乏与老师及当事同学有效沟通的情况下,仅凭主观臆断就对他人进行冷嘲热讽,使原本和谐的同学关系陷入僵局。这教育学生在人际交往中,信任是沟通的前提,而沟通又是重建信任的桥梁。遇到疑惑或不解时,应积极主动地与他人交流,以客观事实为依据,避免盲目猜疑破坏人际关系。对于教师而言,要敏锐洞察学生间的信任危机信号,及时引导他们进行开诚布公的对话,化解矛盾,重塑

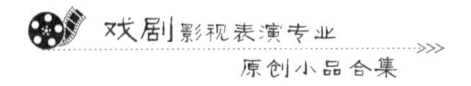

信任。

　　在该小品结尾处,老师的处理方式体现了教学的艺术。老师宣布高雅艺术进校园推荐剧目的参演人员时,唯独没有那位去倒水的同学,这一决定看似违背常理,实则是在考验学生对老师信任的程度。随后,老师拿出饭卡为同学们买咖啡,并表示要补回耽误的课程,还幽默地提出不许学生上课犯困,这些举动都是在向学生传递一种信息:老师的每一个安排都有其深意,学生应给予老师充分的信任,而老师也会以负责的态度回馈这份信任。这种教学方式启示教师在教育过程中,要善于运用各种机会培养学生的信任意识,通过自身的言行举止让学生明白,信任是教学得以顺利开展的重要保障,只有建立在信任基础上的师生关系,才能真正促使学生在知识、品德和情感等多方面健康成长,打造积极向上、团结和谐的校园学习环境。

特殊的婚礼

那　刚

人物　李陶(司仪)、王总、新娘
时间　某天早上八点
地点　婚礼现场

【开场，婚礼现场，王总张罗着。

王总　各部门安静一下听我说，我们等会儿还是按老规矩彩排一次，灯光好了没？音乐，拉轻点，这是背景音乐，你以为开演唱会呢？好了，主持人李陶！李陶！你准备得怎么样了，没精打采的，怎么回事，你病啦？（李陶不说话）你哑啦？

李陶　没哑，哎……就最近感觉吧，我这人生价值没体现出来，干啥都没劲儿！

王总　你胡说八道些什么呢？

李陶　你说现在吧，啥都涨价。油价涨，房价涨，连墓地都涨！关键是现在圈里知道我主持好的人太多，总给我打电话要挖我。所以我这心埋落差特别大，你看看我是不是……这个……

王总　啊！现在的猪肉涨价，狗肉也涨，就你的心眼不长。

李陶　哎呀！都是老中医，知道开啥药！

王总　正巧！前几天有人打我电话说是什么传媒大学硕士研究生毕业的，想进咱喜狼狼公司！我说我们公司有主持人了，挺好的，不缺人，完了人说不要钱，免费工作三个月，全当实习锻炼来了！哎呀，我现在挺矛盾的，你说我是用还是不用呢？

李陶　不用呀！怎么说我们是黄金搭档，怎么说我也是三朝元老、金牌主持！

我这是一分钱一分货,质量不一样!你就拿我主持过的数百场的婚礼来说,哪次完事了,大家不都是交口称赞、好评如潮呀!

王总　你可拉倒吧!上次人家王总结婚,多好的一个肥活儿啊!你瞧瞧你,念婚礼致辞的时候把"花篮"说成"花圈"了,不仅钱没收到,咱还倒贴两千块钱。

李陶　这不是特例嘛,人有失手,马有失蹄,老虎还有打盹的时候呢!再说一个七十多岁的老头,娶人家二十多岁的小姑娘。这么折腾,用不了三年,他那花篮也得变成花圈。

【新娘上,拿着摄像机。

新娘　不好意思,我是不是来晚了?

李陶　没有,是我们到早了。

新娘　你是?

李陶　我先来介绍一下我自己……

新娘　稍等。(举起摄像机)

李陶　鄙人,是本场婚礼的司仪李陶。

王总　哼。

李陶　哦,呵呵!这是我们公司美丽与智慧并存的王总。

王总　您好,我们会竭诚为您服务!您有什么建议可以向我提出。

李陶　请允许我介绍一下我们的团队,我们都是本科毕业,有中级技术职称以上的职业资格证,我们成功策划、主持的婚礼已经有百余场了,接手的新人至今还都爱如潮水、涛声依旧。当然,世事难料,如果不幸你们分开了,你可以找我李陶,凭此名片我给您打八五折,报我名字就行!

王总　什么八五折,什么八五折,我有说过八五折吗?新娘,他是在和您开玩笑,您看这时间差不多了,赶紧彩排吧。

新娘　好的。

【新娘站在王总和李陶中间。

王总　新郎呢?

新娘　他……他没来。

李陶　　什么？新郎还没到，哈哈，新郎是不是过于稳重了？

王总　　姑娘，这么重要的日子，新郎怎么能不来呢？

李陶　　对呀，这离婚也得两个人一起去才行啊。（捂嘴）人生就像一场戏，而婚礼就是人生的一出重头戏，你们新的人生将从这布满花……花篮的美丽殿堂开始，走向人生的辉煌，所以，没有新郎这戏怎么演啊？

新娘　　他不是不来，是不能来。

李陶、王总　　不能来！

新娘　　哎呀，他是，来不了。

李陶　　我明白了！

新娘　　明白啦？

李陶　　我明白了，我来给王总解释。她今天结的这个婚，叫"冥婚"。

王总　　什么明婚、暗婚的？

李陶　　这个"冥"不是明暗的"明"，是冥冥之中的"冥"。

王总　　跟死人结婚？

【王总一个趔趄差点摔倒，李陶赶忙扶住。

李陶　　稳住。

王总　　这活儿我们可接不了？

李陶　　哪有把生意往外推的，甭说他跟死人结婚，就算他跟宠物狗、巴西龟结婚咱都能给他办喽。谁让咱们是专业机构呢，要不我怎么是金牌主持呢，看我的！

李陶　　姑娘，你太有眼光了，这活儿在全市也就我们公司敢接。不是，是能接。不过，咱们婚礼的道具要重新准备一下。

新娘　　好，准备什么？

李陶　　你呀，赶紧叫人到菜市场去买一只大公鸡回来。

新娘　　买公鸡？干什么？

李陶　　买只公鸡代替新郎啊，冥婚中的必备品，你最好买只鸡冠大的，爪子粗的。

新娘　　冥婚？

李陶　是啊,新郎不是死了吗?所以买只大公鸡来代替新郎。

新娘　谁说他死了,谁说他死了!他现在在医院里,所以来不了。

王总　新娘子,对不起,新郎在医院里你着急结什么婚啊,好好养病,等他出院了再办婚礼呗。

李陶　那订金我们就不退了,只要他病好了,什么时候结婚,打我们电话,我们随叫随到。

王总　李陶,我们走。

【新娘一把拦住他们。

新娘　不行,今天这婚我必须结。

李陶　必……必须?

王总　结……结婚?

新娘　为了今天,我们等了很久,我和他是大学同学,从读书到现在,我们相爱了八年,我无数次幻想穿着洁白的婚纱,挽着他的手臂,共同走进婚姻的礼堂。我想,那一刻,我将是世界上最幸福的女人。可是,就在一个月前,他下夜班回家,经过一条漆黑的小巷,突然间,听到了有人在求救,他看到一个歹徒正持刀抢劫,就毫不犹豫地冲了过去,和歹徒展开了搏斗。后来,歹徒是被抓住了,他却身负重伤,倒在了血泊里。

王总　哦,他就是电视里报道的那个,见义勇为、舍己救人的英雄?

新娘　嗯。

李陶　哎呀妈呀,你老公太爷们了,那他现在怎么样了?

新娘　他现在还在医院里,医生说他急需换肾,否则会有生命危险,可是医院一时又没有匹配的肾源。

王总、李陶　那怎么办?

新娘　刚好我配型成功,所以,我决定要为他移植我的肾脏。

王总　你的?

新娘　对!

李陶　姑娘,你比你老公更爷们!

新娘　可是,他不同意啊。

王总　是怕拖累你吗？

新娘　嗯。

王总　姑娘，你是要好好想一想，这毕竟是场大手术，万一……

李陶　对啊，腰子这玩意，原装的可就只有俩啊！

新娘　无论怎样，我都要试试，哪怕只有千分之一的希望，从我成为他妻子的那天起，不管发生什么，我都会跟他生死与共、不离不弃。

李陶　太感人了，赶紧做手术吧，救人要紧，你还有心思办婚礼呢。

新娘　这是我们的约定，其实我们三年前就已经登记结婚了，当时因为能力有限，婚宴一直没办，今天本是我们约好补办婚宴的日子，可谁知——大哥、大姐，明天我们就要一起进手术室了，也不知道——我今天之所以举行这场婚礼，为他穿上这身婚纱，就是要告诉他，无论结果怎样，我都无怨无悔，就算他将来老了、残了、动不了了，我也愿意陪着他、守着他，照顾他一辈子！我拍的这些录像就是给他看的，让他在手术之前看到我为他穿上婚纱的样子，看到我们这场盛大的婚礼，他面对歹徒的时候那么勇敢，面对自己生活的时候却如此脆弱，我还要告诉他，我们都要好好地、勇敢地活下去。

王总　妹妹，你放心，我一定会把这场婚礼办好喽！（哭着说）对了，钱你拿回去。

新娘　我不能要，这是你们应得的报酬。

王总　你们现在正是用钱的时候，就当是我们对英雄的一份敬意。李陶，你必须把这场婚礼给我主持好了，你的费用不会少你的，公司出！

李陶　你说啥呢？你说啥呢？在你心里我就这样啊？没有钱就不办事啦？人间还有没有真情在了？姑娘，你丈夫是英雄，你也是英雄！哥们打心底里佩服你！这场婚礼我一定给你主持得漂漂亮亮、有声有色、热热闹闹的！一定让你成为世界上最美丽的新娘！

新娘　谢谢！

李陶　各部门准备！三、二、一，我宣布，婚礼庆典现在开始，掌声在哪里？

新娘　谢谢大家参加我们的婚礼，老公，你看！

【新娘手持摄像机,镜头对着观众。

新娘　这就是我们的婚礼现场。

【新娘将摄像机镜头朝向自己。

新娘　老公,我穿婚纱好看吗?

【音乐《等你爱我》副歌部分。

【收光。

——幕落

《特殊的婚礼》
原创小品视频

《特殊的婚礼》剧照

  那刚《特殊的婚礼》刊载于北大核心期刊《戏剧文学》2019 年第 3 期,第 28—31 页。该作品又名《约定》,曾荣获浙江省第二十三届戏剧小品邀请赛创作银奖、表演银奖;湖州市第五届南太湖音乐舞蹈(戏剧)节戏剧类创作一等奖;浙江省第四届曲艺杂技魔术节文本创作奖、优秀作品奖、表演金奖。

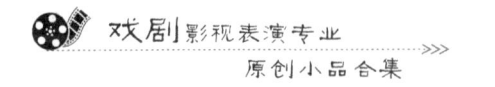

《特殊的婚礼》创作心得与教学方法

　　小品《特殊的婚礼》的灵感源于生活中的真实事件与情感，以特殊的婚礼为背景，融合了见义勇为、真挚爱情、就业压力等元素，展现了爱情的伟大无私以及社会现实问题。

　　当下社会中，见义勇为的行为值得赞扬，而真爱在困境中的坚守也令人动容，引发观众对于人性、爱情和社会责任的深刻思考。以婚礼为背景，增加了戏剧性和情感张力。婚礼通常是充满喜悦的，但在这部小品中，却因为意外情况而变得特殊。该作品通过一场特殊的婚礼展现了爱情的伟大和无私。新娘为了拯救爱人，不惜冒险捐肾，这种奉献精神让人感动。同时，也传达了珍惜眼前、勇敢面对困难的积极态度，让观众更加珍惜自己所拥有的生活。

　　该作品在情节设计上跌宕起伏，从司仪的抱怨到新娘的出现，再到大家对新郎情况的误解，最后新娘揭示真相，层层递进，吸引了观众的注意力。利用误会制造悬念，可以增加小品的趣味性。当大家以为是冥婚时，紧张的气氛达到了高潮，随后新娘的解释让人恍然大悟，情感也得到了升华。

　　司仪李陶这个喜剧型角色的设计，为故事增添了轻松的气氛，同时其前后的转变也进一步深化了主题。从一开始与老板斤斤计较要求加薪，到听闻新娘与新郎的感人故事后决定免费主持婚礼，强烈的反差凸显了人性的善良与温暖。前后的变化展现了人物的成长——司仪前期对工作薪水的抱怨，使他的形象更加贴近现实生活中的普通人，容易引起观众的共鸣。其后期的转变，则让观众看到了人性中美好的一面。新娘的勇敢、坚定，王总的引导、教育，与司仪的转变相互呼应，共同构建了一个丰富而有深度的故事。同时，司仪与老板的互动，也为故事增添了职场元素，丰富了情节层次。这种日常的场景与新娘的特殊婚礼形成对比，使故事更加引人入胜。司仪的转变发生在新娘揭示真相之后，情节的转折自然而又富有冲击力，让观众在情感上得到了升华。

　　在小品《特殊的婚礼》的教学方法方面采用了剧本分析与讨论、角色塑造练习、表演技巧指导、团队合作与互动、情感引导与体验、表演展示与评价等方法。

一、剧本分析与讨论

引导学生深入分析司仪这个角色在整个故事中的作用。探讨他的性格特点、行为动机以及前后转变的原因。组织学生讨论剧本中的主题表达,如何通过司仪的转变来深化主题。让学生思考社会现实问题与人性美好的关系。

二、角色塑造练习

让学生通过模仿司仪的语气、动作和表情,深入理解这个角色。角色扮演活动让学生在实践中体会司仪的心理变化。指导学生如何通过细节表现司仪的喜剧特点,如夸张的表情、幽默的语言等。同时,也要引导学生把握好角色转变时的情感过渡。

三、表演技巧指导

教授学生如何在表演中展现喜剧效果,同时又能自然地过渡到严肃感人的情节。强调台词表达的节奏感和情感投入的重要性,鼓励学生在表演司仪的前后转变时,运用细腻的情感表达,让观众能够真切地感受到人物内心的触动。

四、团队合作与互动

强调演员之间的配合,特别是司仪与其他角色的互动。让学生在排练中学会如何通过对话和动作来推动剧情发展。组织学生进行小组讨论,分享对角色的理解和表演经验,促进团队合作和共同进步。

五、情感引导与体验

引导学生深入体验角色的情感变化,让他们在表演中能够真正地投入感情。可以通过情景模拟、情感回忆等方式,帮助学生更好地理解角色的内心世界。鼓励学生在表演中传递正能量,让观众在欣赏小品的同时,也能受到情感的触动和启发。

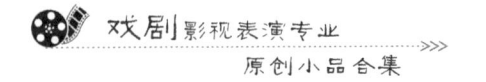

六、表演展示与评价

组织学生进行表演展示,让他们有机会向观众展示自己的成果。邀请其他班级的同学或老师、家长来观看表演,增强学生的成就感和自信心。表演结束后,组织学生进行评价和反思。让他们从观众的角度出发,分析自己的表演优点和不足之处,提出改进的建议。同时,也可以让观众发表看法和感受,帮助学生进一步提高。

家有贝贝

那 刚　贾 冰　孙 强

人物　张大爷——六十一岁，退休工人
　　　　大军——三十一岁，张大爷的儿子
　　　　小露——二十四岁，大军的女朋友

【大军上。

大　军　爸。

【画外音："汪！"

大　军　爸？

【画外音："汪！"

大　军　爸……爸？

【画外音："汪汪！"

大　军　爸……爸……爸？

【画外音："汪汪汪！"

大　军　小样儿，还占我便宜啊！

【大军把狗装进狗笼后出来，张大爷上，两个人遇见，愣住。

大　军　爸。

张大爷　什么情况？

大　军　狗笼我买了，航空箱，美国进口的，两百多块钱呢。

张大爷　把你关里面你难受不？你怎么那么狠心呢？贝贝啊……

【画外音："汪汪！"

大　军　爸，这不都说好了今天把它带走嘛。

张大爷　啊……这说好了……就不能再商量商量了？

大　军　还有什么好商量的？我这不都跟你说过了吗？小露她怕狗，要是她来咱们家，咱们家就不能有狗，咱们家要是有狗，她就不能来。有她没狗，有狗没她，您自己说到底哪个重要？

张大爷　狗重要。

大　军　啥？

张大爷　儿媳妇更重要！

大　军　唉，那就送走吧。

张大爷　贝贝它不咬人。

大　军　我知道，赶紧送走吧。

张大爷　我去给贝贝再洗个澡。

大　军　爸，早上刚洗过，赶紧送走吧。

张大爷　对了，贝贝的钙片吃完了，我再去给它买一瓶。

大　军　爸，我替您买好了！

张大爷　你想得真周到！对了，咱们家贝贝没办证，万一到了别人家，一不留神跑了，让人给抓了怎么办啊？

大　军　爸，我这不把办证的钱都给你了吗？怎么还不办呢？

张大爷　这办证要花好几千呢，有这钱我干点什么不好？再说了，这养狗要办证，那养猫的怎么就不用不办证啊？养鱼、养鸟的怎么也不用办证啊？

大　军　人家那是……咳！爸，现在先别说这个了，一会人家就要到了！赶紧送走吧！

张大爷　咱家狗不咬人……

大　军　儿媳妇。

张大爷　噢。

【小露上，门铃响。

张大爷　嘿嘿，来人了。

大　军　谁啊？

小　　露　我！大军快开门啊。

大　　军　来了,啊？来了！

张大爷　怎么办啊？这……

大　　军　赶紧藏好。

【匆忙藏狗。

大　　军　爸,您坐好！千万别提狗,来了,来了。

小　　露　干吗呢？这么慢,我都快热死了。讨厌！这是给你爸的。

大　　军　来,进来,这是我爸。

小　　露　(恭恭敬敬地)大爷,您好！

张大爷　你好,小狗！

大　　军　爸,小露！

张大爷　哦,对,小露。呵呵,你好你好,欢迎欢迎啊！咱们家没狗！

小　　露　啊？

大　　军　我爸的意思是说这个我们知道你怕狗,所以我们家坚决不养狗！

张大爷　是,绝不养狗！

小　　露　哦,我知道你们家没狗。

张大爷　对。

大　　军　对。

小　　露　怎么有狗味儿啊？

张大爷　我……属狗！哈哈,来来来,坐！

大　　军　爸,你也来坐。

小　　露　呵呵,大爷其实我早应该来看您了,可是大军一直都不让我来,他特讨厌。

张大爷　没事儿！你们有你们的事儿,这个,小露,听说你怕狗啊？

小　　露　是啊！我这人跟狗没缘分,从小吃狗肉塞牙缝,跟狗玩被狗咬,所以我特别怕狗,也特别讨厌狗！

张大爷　哦,你怎么会怕狗呢？那是因为你不了解狗,这狗啊,它通人性。

大　　军　爸,说人。

张大爷　啊,对,这人哪通人性啊! 不对,这人哪有时候还真赶不上一条狗,你说现在这社会上有多少不孝子女是光顾自己不顾老人的,是说养这样的子女还不如当初养条狗呢。

大　军　爸,你说的什么啊。

张大爷　我就这意思,当然咱们家大军是个孝顺孩子,那肯定比狗强。

小　露　哈哈哈哈,他哪能跟狗比啊。

大　军　是是是。

【画外音:"汪!"

小　露　啊,有狗!

大　军　不怕,不怕,没狗。

小　露　我听见狗叫了,在里屋。

大　军　爸,里屋是什么?

张大爷　是……电子狗。

大　军　哦,对,闹钟,我给我爸买的,仿真型的。

张大爷　啊,对,我记性不好。是用来提醒我该……

大　军　补钙。

张大爷　啊,对,补钙。

大　军　补钙啊……喝水啊。

小　露　这狗叫声跟真的似的,吓死我了。

大　军　不怕不怕,也吓死我了。

小　露　大爷,您经常吃钙片啊? 您吃的这钙片是什么牌子的啊?

大　军　(抢过瓶子)没牌子。

小　露　给我看看呀,在哪儿买的啊?

张大爷　宠物医院。

小　露　啊?

大　军　崇……文医院。

小　露　崇文医院在哪儿啊? 我怎么没听过?

大　军　啊,新开的,你不知道。

小　露　哦,不过也对,老年人是应该常补钙,对身体好。

张大爷　是,补钙好,不掉毛。

小　露　啊?

大　军　不掉毛……发!

小　露　哦。

【画外音:"汪汪汪!"】

【小露惊慌。】

大　军　不怕不怕! 爸,补钙啊,喝水啊! 不怕不怕……

小　露　大军啊,这叫声太像真的了,你能不能帮你爸换个闹钟啊?

大　军　唉,下回一定换,不怕啊。

小　露　对了,大爷,要提醒您啊,这钙片可不能这么吃啊?

张大爷　没事儿,我常吃,身体好,大军啊,你要不出去遛遛小露?

大　军　啊?

张大爷　哦,你带小露出去遛遛?

小　露　啊?

张大爷　哦,我这不担心屋里太热嘛。

大　军　爸,人家刚来……

张大爷　我这不怕耽误她事儿嘛。

小　露　没事儿,大爷,我今天是专门过来看您的。

【画外音:"汪汪汪!"】

【小露、大军惊慌,张大爷补钙,狗声不断,张大爷一直吃钙片。】

大　军　爸!

张大爷　哎哟,宝贝呀,别叫啦,爷爷实在吃不下去了。

小　露　宝贝?

【大军上前拦,来不及了。】

小　露　啊! 大军!

【小露吓得躲进大军怀里。

张大爷　被她知道了。

大　军　我知道。

张大爷　我看出来了。

小　露　大军！你不是说你没养狗么？

大　军　我没养。

小　露　那这狗是谁的？

大　军　我爸的。

小　露　你不知道我怕狗吗？

大　军　这不把它关在笼子里了吗？

张大爷　是啊,关在笼子里了。

【小露条件反射地打张大爷。

大　军　爸,您没事吧？

张大爷　没事儿,我补钙了。

【小露哭,父子找声源。

大　军　哎哟,小露,你怎么走啦？你听我解释！

小　露　有什么好解释的？

大　军　关键是这不关我的事啊,这我……这狗……这爸！

张大爷　对,这狗它是我养的,跟他没关系！我这就把它带走。

【爷爷带狗出屋子,大军带小露躲。

张大爷　我这就带它走,你别怕！啊,别哭了,这狗不咬人。

大　军　别怕了啊！爸！

张大爷　我走,(狗的呜呜声)贝贝啊,爷爷怕是照顾不了你了,这以后到了别人家可千万别乱叫,别招人家讨厌,人家可不像爷爷这么疼你啊。你陪了爷爷这么多年,爷爷没照顾好你,临了还要把你送出去,爷爷对不住你啊……

大　军　爸,您别这么说,贝贝走了,不是还有我们陪您吗？

张大爷　你们，你们不是忙吗？你们都大了，都有自己的事，我总不能拖你们的后腿，整天拉着你们在家陪我吧……你妈又走得早，我一个人在这屋子里转来转去的，总觉得不像个家啊，自从有了贝贝以后，这日子也不觉得那么难熬了。咱家贝贝可聪明了，它什么都懂。每天我只要一进门，它就像小孩似的高兴地上蹿下跳，吵着闹着让我抱，要我跟它玩儿。要是我不搭理它，它就会四脚朝天赖在地上跟我卖乖，一看到它这样，我就什么烦心事都没了。我想找个人说话的时候，贝贝啊，它就瞪着眼睛竖着耳朵听我唠叨。它虽然不会说话，但他会听话啊，这贝贝就是我的伴儿啊。（擦眼泪）算了，贝贝，咱们走吧……（欲走）

大　军　爸，啥也别说了，这狗，咱不送走了！

张大爷　啥？

大　军　小露，我知道，我们家有你就不能有贝贝，有贝贝就不能有你，但是我爸离不开贝贝，我更离不开我爸！你，走吧！爸，这些年我都没有好好陪过您，明天我就从外边搬回来住，以后我和贝贝都是您的伴儿。

【小露哭。

大　军　别哭了，别哭了。有什么大不了的？（声调突转）其实我心里比你还难受呢。

小　露　呜呜呜……太感人了，我原以为狗它就是个动物，谁知道它跟你爸有这么深的感情啊？刚才听他这么一说我都受不了了，这要是硬把他和贝贝分开，那不等于让人家骨肉分离吗？要是把你送人了，你爸得多心疼啊，我还上哪儿找你去啊！

大　军　那你的意思是？

小　露　把它留下吧。

张大爷　孩子，可你不是怕狗吗？

小　露　我努力……不怕。

大　军　这才是我的好媳妇嘛！

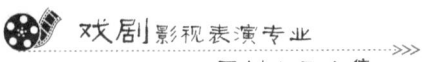

小　露　去！让我看看它。

【条件反射地掐住张大爷。

大　军　爸,您没事吧?

张大爷　(高兴、激动地)没事,没事儿!我补钙啦!哈哈哈……

——幕落

《家有贝贝》
原创小品视频

《家有贝贝》剧照

　　小品《家有贝贝》是由那刚、贾冰、孙强编剧，那刚、马杨杨导演，戏剧影视表演专业学生马杨杨、金潇、林一航表演的原创小品。该作品荣获浙江省第二十一届（新农村建设题材）戏剧小品邀请赛创作一等奖，荣获第十届华东六省一市戏剧小品大赛银奖、湖州市第九届精神文明建设"五个一工程"入选作品奖。小品《家有贝贝》曾两次赴京录制CCTV-3《周末喜相逢》《我爱满堂彩》。

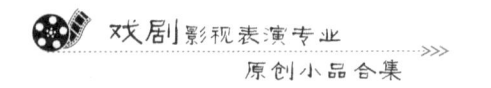

在喜剧的光影中探寻亲情的真谛
——《家有贝贝》创作心得与教学方法

创作一部喜剧小品,就像是在观众的心头轻轻舞动一根羽毛,既要令人发笑,又要让人深思。故事的灵感源自对当下社会中独居老人现象的深刻洞察,他们在孤独中寻求陪伴,宠物往往成了心灵的寄托。而儿子带着未来儿媳回家这一情节,则是传统家庭观念与现代个体需求之间碰撞的缩影。

《家有贝贝》(又名《补钙》)这个故事,以一个独居老人和他的爱犬为主角,通过儿子大军带女朋友回家这一事件,展开了一系列啼笑皆非的情节。这不仅是一个关于家庭、爱与牺牲的故事,还深层次地探讨了现代社会中人与宠物之间的情感纽带,以及家庭成员之间的理解与支持。

故事开篇设定了一个充满期待的场景,老人对于儿子即将带回家的女朋友这件事满怀欣喜,然而这份喜悦很快被女朋友对狗的恐惧所打破。儿子提出的解决方案——将父亲的爱犬送走,让老人陷入了两难的境地。这不只是对一只宠物的去留做出选择,更是对老人多年孤独生活的一种冲击。在这里,我试图探索老年人的情感世界和他们面对家庭变化时的无助与迷茫。

随着儿子的女朋友的到来,故事进入了高潮。原本应该是欢乐的家庭聚会,却因为一只狗引发了一连串的误会和冲突。这一段的设计旨在通过喜剧的形式,展现现实生活中的矛盾和冲突,同时也反映了人在面对亲情和友情时的不同态度和选择。

最终,当女孩儿发现家里藏着狗的真相后,愤怒的情绪达到了顶点,老人在无奈之下做出送走爱犬的决定。然而,就在这个时刻,女孩儿的心软了,她被老人深沉的爱和对狗的依赖所打动,决定接受这只狗。这一幕是整个故事的转折点,不仅解决了表面的冲突,更重要的是还展现了人性中的善良和理解。

在创作这个故事的过程中,我深刻体会到了每个角色背后的情感深度和复杂性。老人的孤独、儿子的为难、女孩儿的转变,每一个细节都是对现实生活的深刻反映。通过这些角色的互动和冲突,我希望能够唤起观众对于家庭关系、老年人生活,以及人与动物之间情感联系的思考。

《家有贝贝》不仅是一部简单的喜剧小品,还深入探讨了家庭成员之间的理解、支持和牺牲。在创作这部小品的过程中,我学会了如何将复杂的情感和深刻的主题融入轻松的故事情节中,使观众在笑声中感受生活的温暖和苦涩,从而达到让艺术作品触动人心的目的。我相信,通过这个故事,观众会更加深入地理解生活中的温情与选择,也会更加珍惜身边的每一份情感。

在这部小品的创作与教学过程中,作者经历了一场深刻的心灵之旅,对教育的本质和艺术的力量有了更深入的感悟。引导学生挖掘生活的深度是教学的首要任务。生活不仅是素材的宝库,更是情感与思想的源泉。让学生学会洞察生活中的细微之处,感受那些未被言说的情感波动,能够使他们的创作扎根于真实的人性土壤,绽放出真挚而动人的花朵。

首先,塑造立体而丰满的人物形象是艺术表达的核心。在教学中,我着重培养学生剖析人物内心世界的能力,让他们理解人物的行为不仅仅是外在的表现,更是内在动机与价值观的驱动。只有当学生真正走进人物的灵魂深处,他们所创造的角色才能鲜活起来,引发观众的共鸣。

其次,巧妙而可信的情节构建是艺术作品的骨架。教导学生掌握情节的起承转合,让冲突自然而有力地涌现,转折既出乎意料又在情理之中,这需要不断地启发与训练。同时,培养学生运用细节来丰富情节,使故事充满张力与层次是提升作品质量的关键。

最后,有思想和情感的内容是艺术创作的灵魂。在小品的创作中,每个学生都有独特的视角和自己的思考,通过相互倾听、交流与协作,他们能够碰撞出创意的火花,共同将作品推向更高的境界。更重要的是,通过这次创作,我深刻体会到艺术教育不仅要传授技巧,还要培养学生的同理心、批判性思维和对美好价值的追求。让学生在艺术的殿堂中学会表达自我,理解他人,洞察社会,成为有温度、有深度的创作者和思考者。

路在何方

那　刚

人物　老板、乞丐
时间　某天下午
地点　四合院

【四合院内,老板正在整理院子,手机响,接起电话。
老板　喂,王老板啊,你好!哦,我在外地,不是出差,过来看一个亲戚,要不这样吧,明天回来我请你。好,再见!
【乞丐敲门上场。
老板　找谁啊?
乞丐　找你。
老板　找我?你是?
【老板发现对方是个乞丐。
老板　(没好气地)没钱。
乞丐　大哥,你就给点钱吧,我都饿好几天了!大哥,我给你跪下!
老板　哎哎哎,(扔了一块钱给乞丐)走吧。
乞丐　哎,大哥你才给一块钱啊?现在物价多高啊,一块钱够买点啥的啊?你再给点吧。
老板　我没零钱了。
乞丐　整的也行,我找你。
老板　得寸进尺是吧,滚,小心我揍你!
【乞丐慌忙离去,老板也进屋取东西,这时乞丐又偷偷回来想拿老板的包,老板正好从屋里出来。

老板　干吗?

乞丐　哎哟!我这不是帮你找嘛。

老板　找什么?

乞丐　找零钱啊。

老板　早说嘛,零钱我这有,过来我给你。

乞丐　我就知道你有。

【乞丐正准备去拿,老板踢了他一脚。

老板　我叫你偷!

乞丐　没偷啊。(举起棍子)

老板　怎么着,还想跟我练练?

乞丐　不敢!

老板　放手!放手!

【乞丐见老板把棍拿走,便在老板身后比画,老板突然回头发现他在比画。

乞丐　大哥,你说我这手咋那么贱呢,我蹲着。

老板　蹲好了!

【这时老板的手机又响起。

老板　喂,小胡啊,我今天下午回来。(见乞丐要溜,拿起东西砸了过去)哦,没事,我正吃午饭呢,那就先这样吧。(挂电话)还想溜啊?

乞丐　我这不是溜达溜达嘛。

老板　哦,溜达溜达,蹲好了,熊样!

【老板回到桌前吃饭。

老板　想要钱,是吧?

乞丐　嗯,不是,不要了。

老板　想要钱可以,不过你必须帮我办件事。

乞丐　行啊,大哥,啥事啊?(看看老板)杀人放火的事我可不干哪!

老板　谁叫你杀人啦?帮我搬东西。

乞丐　大哥,你说我这腿都被你踹成这样啦,还咋搬啊,东西我就不搬了,钱我也不要了,你放我走吧。

老板 搬一件给两块钱。

乞丐 真的假的?

老板 你看我像在骗你吗?

乞丐 在哪儿啊?

老板 什么?

乞丐 东西啊!

老板 哦,在那儿呢,你自己数数。

乞丐 大哥你说搬一件给两块钱?

老板 嗯。

乞丐 大哥你咋不早说呢,(不小心喷出口水)大哥我嘴漏风,你说我这身子骨长的不就是为你搬东西的嘛,你这人真是的。

【老板正想起身,被乞丐拦住。

乞丐 大哥,你告诉我搬哪儿?

老板 后院。

乞丐 行,来嘞!

【搬完之后,乞丐靠着墙,老板走过来。

老板 都搬完了?

乞丐 十八件,一共三十六块钱,还有没?

老板 没啦。

【老板到里屋拿东西,乞丐走到饭桌前,见老板不在,开始偷吃起来,这时老板从里屋出来。

老板 吃吧,没事。

乞丐 大哥,我不吃。

老板 我知道你饿了,吃吧。

乞丐 那我就不客气啦,大哥。

【开始猛吃起来。

老板 腿怎么样啦?

乞丐　啊？

老板　腿。

乞丐　哪儿啊？哦,你还别说,刚才挺疼的,现在干点活就好了。

老板　来,喝酒。

乞丐　舒筋活血啊。

老板　今年几岁了?

乞丐　三十二。

老板　那该结婚了吧。

乞丐　结婚?丈母娘有了,老婆还没生呢?

老板　家里还有谁啊?

乞丐　站着一竖,躺着一横,一人吃饱,全家不饿。

老板　好好的干吗出来要饭啊?

乞丐　唉,伤心的往事就不要再提了,大哥,跟你这么说吧,我家就一口锅,上面还有仨窟窿,再加上去年又碰上干旱啥的……

【乞丐的话被老板打断。

老板　山上没有一棵树,井里没有一滴水,缸里没有一粒粮,对吧?

乞丐　大哥,你咋都知道呢?

老板　你这一套早过时了。

乞丐　呵,大哥,那要是没啥事了,我就先……

老板　哦,喏,给你钱。

乞丐　哎,谢谢啊!大哥,那您慢慢吃,我先走了,下回有事您再叫我。

老板　回来!

乞丐　干啥啊?

老板　你识数吗?

乞丐　识数啊。

老板　搬了几件?

乞丐　十八啊。

老板　一共多少钱?

乞丐　三十六啊。

老板　给了你多少钱？

乞丐　五十啊。

【老板把手一伸。

乞丐　干啥啊,大哥？

老板　找钱。

乞丐　还要找钱啊？大哥……

老板　找。

【乞丐无奈地掏出一块钱,往老板手里一放,老板立马盯住乞丐。

乞丐　大哥,我就这一块钱啦。

老板　这一块钱好像还是我刚才给你的吧？

乞丐　可不是嘛。

老板　你把我当开银行的了,我前后一共给了你五十一块钱,你还我一块钱,生意做得不错呀。

乞丐　大哥,我真没零钱找你,不是,是真没钱了。

老板　真没钱是吧,行！

【一把把乞丐手中的钱抽了回来。

乞丐　哎,大哥,你这是……

老板　那要不这样吧,你再到后院搬七件出来,不就正好了嘛。

乞丐　你这不开玩笑嘛,我刚才费了好大劲才把东西搬进去,你现在又叫我搬出来,你这是在溜傻小子啊。

老板　别废话,两条路,要么继续搬,要么找我钱。

乞丐　你说你个大老板又不缺这点钱,要不这样吧,大哥,你先把这十四块钱存我这,下回搬东西你再找我。

老板　我上哪儿找你啊？

乞丐　我经常在这一带"流窜"。

老板　什么？

乞丐　不是,是溜达。大哥你就给我吧。

【老板攥住手中的钱就是不给乞丐。

乞丐　大哥你给我吧,大哥,哎呀大哥,(跪在地上,放声大哭)大哥啊,我不容易啊!

老板　哭吧,再大声点!

【乞丐见老板在玩他,便起身。

乞丐　啥意思啊?这是我自己凭力气赚的钱,你凭啥不给我啊?(把地上的饭碗拿起来)你给不给!

老板　不给,怎么了?(看乞丐要动手,便站了起来)怎么着,跟我来横的啊?(把乞丐逼到门口)

乞丐　行,你行,钱我不要了,不就三十六嘛,有啥了不起的啊,我就当出身汗,锻炼身体,你到外面别跟别人说你是老板,丢人!(跑出大门)

【老板知道乞丐会回来,便在门后等着,一会儿乞丐又跑了进来。

老板　回来啦?

乞丐　大哥你可别吓我,我心脏不好。

老板　心里挺不痛快,是吧?

乞丐　没有。

老板　我知道你心里在骂我。

乞丐　没有。

老板　你在想你不就有几个臭钱嘛,在我面前摆啥谱啊,我不就是个乞丐嘛,凭啥瞧不起我,是吧?

乞丐　大哥你还懂心理学啊。

老板　你这样让我怎么瞧得起你?我说你不缺胳膊不少腿的为什么去要饭?

乞丐　大哥,我不是没去找过工作,我去了,可人家不是嫌我没特长就是嫌我没文化,你说我从小家里就穷,没钱上学,不上学哪来的文化啊?我这不是没办法嘛,我也得活下去啊,大哥!

老板　没学历怎么了,没文化又怎么了,我们公司有几个小伙子,年纪和你差不多,人家上夜大,考自考,光自学文凭就有两三个。好,咱远的不说说近的,你看看我,我以前和你一样,也是个乞丐。

乞丐　大哥你可别折磨我的思想了。

老板　我知道你不信,可这千真万确,我今天看到你呀,就想起我五年前的样子。五年前,我也来过这里,和你一样,来要饭,给我开门的是一位七十多岁的老太太,她没给我钱,让我帮她搬东西,搬完东西以后大妈给了我十块钱,大妈说:"孩子,这钱是你凭自己力气赚的钱,比什么都干净,花得也踏实。"七十多岁啦,你知道我今天来干吗?我就想回来看看大妈,好好孝敬孝敬大妈。

乞丐　人呢?

老板　唉,好人不长命啊。

乞丐　没啦?白瞎了。

老板　你说你,站起来比谁矮了,说话嗓门比谁低了,为什么就得每天给别人点头哈腰地过日子?这年头,只要你肯吃苦,就不会穷到去要饭,今天我就是要告诉你,凭自己力气赚的钱,用得心安理得,拿得理直气壮!(拿出一张五十元的人民币)给你!

乞丐　行,大哥,今天没白认识!我走了。

【乞丐走后,老板回顾院子的四周,也准备起身出发,这时,乞丐又跑了回来,站在老板面前。

乞丐　找你十四!

【收光。

——幕落

《路在何方》
原创小品视频

从《路在何方》看人性与选择
——《路在何方》创作心得与教学方法

在创作小品《路在何方》时,我试图通过一个简单而富有张力的故事,展现生活中的深刻哲理和人性的光辉。

选择四合院作为场景,是为了营造一种古朴而充满故事的氛围。破旧的四合院象征着生活中的困境和沧桑,而老板在其中打扫卫生,形成了一种反差,引发观众的好奇心。乞丐的出现推动了情节的发展,两个人之间的互动,从最初的金钱交易到后来的情感交流,展现了人性的复杂。老板起初的拒绝,反映了现实中人们面对求助时的常见心态;而他后来的计策,则是一个转折点,展现了他内心深处的善良和智慧。

故事的核心在于老板讲述自己的这段经历。这段回忆揭示了老板的成长历程,也为乞丐的觉醒埋下了伏笔。通过对比老板过去和现在的境遇,强调了自强自立的重要性,以及一个小小的善举对一个人命运的改变。整部作品旨在引发观众对于生活、努力和命运的思考。生活充满艰辛,但我们不能消极应对,而应积极面对,把握自己的命运。首先,老板讲述自己经历的这段内容揭示了自尊的重要性。老板虽曾身为乞丐,但他通过自身的努力改变了命运,这种转变背后是对自我价值的坚持和对尊严的追求。他的话语中透露出一种信念:不论身处、何种境遇,人都应保持内心的尊严,不应因外界的贬低而自轻自贱。这对教育而言,是一个重要的启示——教育不只是知识的传授,更是对灵魂的塑造。应该教会学生,无论面对何种困难,都要坚守内心的信念和尊严。

其次,自强不息的精神贯穿始终。老板通过自己的经历告诉乞丐,穷困并不是终点,只要愿意吃苦,就有可能改变现状。这种精神对于每一个人来说都是宝贵的财富。在教学中,我们应当将这种精神传递给学生,鼓励他们面对困难不退缩,勇于挑战自我,不断追求进步和完善自我。

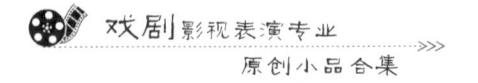

最后,这段内容强调了实践和行动的重要性。老板提到,即便是没有学历和背景的人,通过实际行动也能够获得别人的尊重和实现自我价值。这为我们的教育提供了方向:理论与实践相结合。在教学过程中,我们不仅要注重知识的教授,还要鼓励学生将知识应用到实践中去,通过动手实践来深化理解和提高能力。

　　此外,小品还传递了一个关于感恩的主题。老板对曾经帮助过他的老太太念念不忘,特意回来想要报答,展现了他的感恩之心。在当下社会,感恩是一种重要的情感和品质。教育中,我们应当培养学生的感恩意识,让他们懂得珍惜他人的帮助,学会回馈社会,形成良性的社会循环。同时,该作品还蕴含了深刻的人生哲理和教育智慧。它告诉我们,无论处于何种境地,都应保持尊严,自强不息;它还提醒我们,作为教育者,应该引导学生理论结合实践,培养他们的感恩之心,帮助他们成长为有责任、有担当的人。

　　《路在何方》在教学过程中具有多方面的教育意义。首先,它能够引导学生关注社会中的弱势群体,培养他们的同情心和关爱他人的意识。让学生理解每个人都可能遇到困境,而给予帮助和鼓励可能会对一个人产生深远的影响;其次,通过分析老板和乞丐的人物形象和心理变化,学生可以提升对人性的洞察力,理解人的行为背后的动机和情感,有助于他们更好地了解社会和人际交往;最后,这个小品所传达的自强自立的主题,能够激励学生在面对困难时保持积极的心态,勇敢地迎接挑战,相信自己有改变命运的能力。

　　通过这部小品,教师可以用来引导学生讨论社会责任、道德选择和人权等主题。让学生站在不同角色的立场上思考,帮助他们理解不同社会背景下人们的行为和选择。通过角色扮演或辩论,学生可以更深入地探讨如何在生活中实践同情心和公正,并考虑如何在遇到类似情况时作出更有利于社会和谐的选择。

　　在教学过程中,可以组织学生进行角色扮演,深入体会人物的情感,增强他们的表现力和团队合作能力。同时,引导学生进行讨论,分享自己对于故事的理解和感悟,促进思维的碰撞和交流。希望该作品能成为学生成长道路上的启示,让他们更加坚定地追求自己的梦想,勇敢地面对生活中的各种困难。教师可以利用这样的素材,培养学生的同理心,让学生去探索更广泛的社会问题,并鼓励他们成为更有责任感的人。

"办"运会

那　刚

人物　李科长(简称"李")
　　　付科长(简称"付")
　　　小鲁(简称"鲁")
时间　2010年的某天
地点　某办公室

【小鲁正在办公室里打扫卫生,付科长进。
付　呦,小鲁忙着呢?不错不错,年轻人有前途。
鲁　应该的。
付　哎!别光扫这里啊,重点是科长的那个区域……哎哟,年纪大了,体能下降,四圈麻将打下来就不行了(见小鲁没有反应,索性)小鲁啊,手里的活先放一放,帮我捏两把……
鲁　哦。
付　小鲁啊,来科室几年了?
鲁　两年。
付　哦,这两年进步很大嘛,要肯吃苦,多付出,这样才能有前途。哎,手里别停,继续!我告诉你啊,在我们这样的科室里,就是应该多替领导分忧,多替领导解愁,多替领导考虑,你才能稳步地向前进步……
【李科长进,付科长抢过扫把开始忙碌,小鲁被晾在一旁。
李　嗯?付科长你在打扫卫生?
付　没事,这不是我应该做的嘛。

李　小鲁啊,年轻人应该勤劳肯干才对嘛,这种事情……

付　没事、没事,科长,小鲁刚来不太懂事。我这不是身体力行,给年轻人做个模范带头作用嘛。以身试法,不是,是身教胜于言传。

李　不错不错,付科长很有觉悟,小鲁你要好好学习一下。好了,手头的活先放放,我们要开个会。付科长,主持一下会场。

付　好嘞! 各位,我们今天要开个会,开个会! 开个什么会呢? 请李科长为我们作重要指示,欢迎!

李　好,这个,同志们,本科室全体同志在本人的带领下,团结协作,开拓创新,共同努力,务实求真,迎难而上,与时俱进,在本年度全面、高效、超额、提前完成了上级领导布置的任务! 为了表彰我们科室的突出业绩,局里奖励给我们科室三千块钱!

付　三千! 太好了! 您接着说!

李　我考虑了一下,这三千块钱呢……

付　科长,这三千块钱您就收下吧。

李　我?

付　火车跑得快,全靠车头带。没有您这个猪头,不是,是车头带领,我们怎么能够跑出如此漂亮的成绩呢? 所以我认为,这三千块钱理应归您!

李　哈哈,别这么说,光靠我这个车头可不够,还要依靠你们这几节车厢。再说,我这个人在荣誉面前从来都是讲求先人后己的廉政原则的……

付　哈哈哈,那太好了,那……

李　所以我想,如果我们把这点钱吃掉、用掉、玩掉实在是铺张浪费,这笔钱要用得巧,用得妙,用得合理又有效。

付、鲁　好! 那我们搞什么活动呢?

李　我们国家一直都在提倡全民健身,办过奥运会。

付　前年。

李　办过亚运会。

付　今年。

李　办过全运会。

付　不知道哪年。

鲁　去年。

李　所以为了响应国家号召,我们举办一次"办"运会!

付、鲁　"办"运会?什么叫"'办'运会"?

李　这个问题提得好,提得有代表性,有典型性!"办"运会,"办"运会,顾名思义就是办公室运动会。

付、鲁　哦。

李　我们用这三千块钱作为冠军奖金。搞一次办公室运动会,让大家都能参与进来。一来可以缓解工作压力;二来可以进一步增进同事间的友谊,你们说好不好?

付、鲁　好!

李　那么,大家说说应该搞一次什么样的运动会呢?

鲁　科长,运动会嘛,当然是跑步、跳高、跳远……

付　等等,你胡说什么呢?你看和科长这样的年纪和体格适合跟你比这些吗?这不明显就是要把奖金往你自己兜里揣吗,是不是?一点都不切合实际,是不是?我们要搞就搞一些动作幅度小一点、占用空间少一点、大家都能做的,举重……

李　你胡说什么呢?我这把年纪跟你们比举重,亏你想得出来。

付　那您说,应该怎么搞呢?

李　我们要搞"办"运会要搞就要搞出特色,搞出个性,搞出创意,搞出品牌,我们不妨搞一次讲笑话比赛。

【付科长笑。

李　你笑什么?不要小瞧这个讲笑话比赛。讲笑话能够体现出一个人的人生品位、人文素质、文学修养、生活阅历。我们不能随便讲讲,要讲得富有文学性、趣味性、智慧性,男性、女性、同性、异性……各种性。

【付科长应和着。

李　这个比赛规则是:谁能够在十秒钟之内讲出一个笑话,并且能够让所有人哈哈大笑,就是冠军!大家没意见的话就开始吧!

鲁　可是，可是我不会讲笑话……

付　太好了！不是，我是说谁一出生就会讲笑话啊？谁不是通过后天的积累和学习才会讲的。科长说了讲笑话就讲吧。

李　付科长，那么就你先来吧！

付　我？

李　你起个模范带头作用嘛。预备，计时开始！

付　好的，我讲一根香蕉从十楼上掉下来，你们说它变成了什么？哈哈……

鲁　茄子。

付　我再讲一个，说一颗绿豆从十三楼上掉下来，你们说它变成了什么？

李　红豆。付科长啊，我说你这个人怎么越来越退步了呢，刚来的时候你不是很能说的吗，现在怎么连个笑话都不会讲了呢？你的比赛结束了。小鲁该你了。

鲁　科长，我实在想不出，要么我弃权。

李　哎？怎么能弃权呢？重在参与嘛，要不这样，你再想想，我先来。

付　我最愿意听李科长讲笑话了。

李　说有四个人，他们在打麻将……

付　哈哈哈哈，太好笑了，有四个人在打麻将。麻将？四个人，可不就是四个人打的吗？

李　你干什么？捣乱是吧？我还没甩出包袱呢，笑点不在这儿！

付　哦，您接着说！

李　结果公安把他们抓进去了，后来从公安局里出来五个人，为什么？哈哈，因为他们打的那个人叫"麻将"，哈哈哈……

【付科长尴尬地附和着，小鲁始终没笑。

李　咳，小鲁是不是听过啊？

鲁　我大学一年级时听过。

李　哦，那么，我得一分，比你要高一点啊！小鲁，该你讲了。

鲁　我看我还是算了，我真不会讲。

李　讲一个，讲一个，没关系，重在参与嘛。

鲁　我真不会讲。

付　（拍桌子）科长叫你讲就讲。

鲁　好，我小时候老师让用"陆陆续续"造句，我说："下班了，我爸爸陆陆续续地回了家。"

李、付　（稍一停顿）哈哈哈哈哈，你们家可是够乱的。

付　科长，稳重，这没什么好笑的，这没什么，哈哈哈……

李　好好好，这个比赛成绩已经出来了。我宣布，这次"办"运会冠军得主是小鲁，这是三千块钱奖金，小鲁啊，你拿去吧。

鲁　啊？我？不不不不！

李　这个，我们还是要本着公平、公正、公开的竞赛原则，这是属于你的荣誉，不要客气，拿着。

鲁　科长，我真的不能要，这……

付　（拍桌子）科长让你拿着就拿着。

【电话响。

李　喂，是我，哪位啊？哦……王局长，哦，好的，我马上过来！（挂电话）我去趟局长办公室，这个"陆陆续续"，哈哈，有意思。

【李科长出门。

付　完了，完了，你这回完了。你这个傻孩子，你怎么能要这钱呢？你拿着就不觉得烫手吗？你拿着就不脸红吗？你拿着就不害怕吗？

鲁　不是您叫我拿着的吗？

付　我叫你拿你就拿？我叫你……你这傻小子，你想想，科长为什么要召开这个"办"运会？很明显，就是要用这种名义合理地将奖金揣进自己兜里。没想到人家好好的计划，被你给搅和了。你说他能放过你吗？你是不了解他的为人……

鲁　付科长，那您可得帮帮我，我没想那么多，我不知道……

付　你怎么就那么单纯呢？你这下要为你的年轻付出惨痛的代价喽！

鲁　（边说边把钱塞到付科长手里）求您了，付科长，我大学毕业后好不容易才找到这份工作，可不能因为这点钱断送了自己的前程，求求您无论如何要帮帮我,这钱您拿着……

付　唉,什么叫我拿着?我是替你补救!这是三千块啊?回头……

【李科长回。

付　这钱你收好了,小鲁。这可是科长对你的鼓励和关心啊!呦,科长回来了?我这不是让小鲁把奖金收好嘛,他还怪不好意思的……

李　哦,好了,先别说奖金的事了。局长找我去啊,是说我们科室人事变动的事。

付　此处有掌声。(鼓掌)

李　别鼓掌了,我这个科长从今天起就……移位了。

付、鲁　移位了?

付　移给谁了?

李　(微笑地)老付啊……

付　科长,您别说了!我做得还远远不够啊,我哪能担得起如此重任呢?虽说我的能力的确是比您强一些,学识比您广一些,但毕竟……不过,我一定会继续努力工作,在新的岗位上……

李　你说什么呢?你还是付科长,经局党委研究决定,任命鲁郑铮同志为组织科科长。

鲁　我?

李　小鲁啊,你要好好干啊,接好班,争取有更大的作为啊!拿着,这是任免文件。

鲁　这……科长!

付　鲁科长!我就说你肯定是块金子,早晚有一天会发光的,没想到这么快就亮了!我相信,在您的带领下,我们科室肯定会百尺竿头,更进一步,勇攀新高,再创辉煌!我们老科长,老李啊,你快点收拾下,迁换一下办公地点……鲁科长,您别动,我就说您肯定前途无量的,您看您今年是科长,明年就是处长,说不定过几年您就是局长……

【李科长一下子仿佛苍老了十岁,形单影只,步履蹒跚地去收拾办公用品,小鲁赶忙走过去,接过李科长手里的东西。

鲁　老科长,从前多蒙您和付科长对我的点拨和关照,才让我一步步成长起来。以后还请你们多多帮助我、支持我、监督我!

李　惭愧,惭愧!

付　不敢,不敢!

鲁　我们能够在一个科室里工作是缘分,咱们是一个整体,以后应该互相关心、互相帮衬、互相支撑,这样才能有战斗力,才能百尺竿头,更进一步,勇攀新高,再创辉煌!是不是,付科长?

【付科长不好意思地赶忙称"是"。

付　没问题!鲁科长,从今以后我们就在你的带领下勇往直前,披荆斩棘。

鲁　既然我现在是科长,我就宣布第一个决定:这三千块钱分配给你们二位。

付、李　给我们?

鲁　可不是给你炒股的,也不是给你打麻将的,是给二位办健身卡的。

付、李　健身卡?

鲁　老科长,您看您整天坐在那儿,缺少必要的运动,办张健身卡没事到健身房做做有氧运动,呼吸呼吸新鲜空气,对您的三高有好处。付科长,您的麻将呀要少打打,当心颈椎的老毛病!

【付科长、李科长都不好意思地低下了头。

鲁　呦,午休时间到了。走,咱们现在就办健身卡去。

付　好嘞,(回头)老李,锁门。

鲁　老付!

付　哦,我习惯了,老李您请,我锁门!唉,鲁科长,您说的是月卡还是年卡啊?

【音乐。

——幕落

小品《"办"运会》曾荣获浙江省第二十一届戏剧小品邀请赛作品金奖、表演金奖。

职场生态的幽默解码
——《"办"运会》创作心得与教学方法

在现代社会,办公室已不仅是一个工作的场所,还是一片充满挑战、机遇和博弈的复杂战场。

《"办"运会》这部小品就像是一面镜子,映射出职场中形形色色的人物角色及其背后的行为逻辑。作为一名教育工作者,我从中领悟到了教学与管理的双重含义,以及如何通过幽默与智慧去引导学生认识并适应这个多变的职场世界。

李科长与付科长的领导风格差异,为学生提供了一堂生动的领导力课程。李科长的智慧型领导和对团队精神的强调,告诉我们合作与共赢是现代组织发展的基石,而付科长的功利主义则揭示了短视行为可能带来的负面效应。在教学中,我会引导学生探讨不同领导方式对团队的影响,培养他们的批判性思维和道德判断力。

小鲁的角色则是对普通员工处境的真实写照。他的低调和务实,反映了许多基层员工的共同特点。在课堂上,我会用小鲁的故事来讨论个人职业规划和职场适应策略,鼓励学生思考如何在保持个性和原则的同时,灵活应对职场挑战。

小品中的对话和情节设置都富有深意,它们不仅增添了剧情的趣味,还引发了观众对职场伦理的思考。例如,付科长对小鲁的训诫隐含了体制内上升的潜规则,而李科长对奖金的处理体现了领导者的公正与自律。我会将这些片段作为案例分析的素材,帮助学生理解职场中的道德困境和权力游戏。

《"办"运会》不仅是一部娱乐性的小品,还是一部有深刻教育寓意的作品。通过分析和讨论小品中的情境和人物,我希望能够培养学生的团队协作能力、领导素养、职业道德和社会责任感。在轻松幽默的氛围中,让学生准备好迎接未来职场的挑战,并在实现个人价值的同时,为创造健康和谐的工作环境做出贡献。

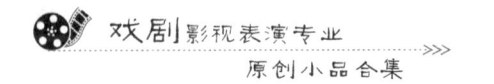

一、剧本分析与角色理解

组织学生仔细研读小品剧本，分析剧情结构、人物关系和主题表达。让学生找出剧本中的关键情节、冲突点和转折点，理解小品的叙事逻辑。

引导学生深入剖析每个角色的性格特点、动机和情感变化。学生可以通过讨论、角色分析报告等方式，从不同角度理解角色，为表演做好准备。

对比不同角色之间的差异，如李科长与付科长的领导风格、小鲁与其他角色的互动方式等。帮助学生认识到角色的多样性和复杂性，培养学生塑造不同类型角色的能力。

二、表演技巧训练

台词训练，即选取小品中的经典台词片段，进行台词朗读和表达训练。台词训练强调语音语调、节奏、重音等方面的把握，让学生学会用声音传达角色的情感和个性。

动作与表情训练，即分析小品中角色的动作和表情特点，进行模仿和创作训练。动作与表情训练可以启发、帮助学生建立角色"心像"，让学生学会通过肢体语言和面部表情来展现角色的内心世界和情感状态。

即兴表演，即以小品中的情节为基础，进行即兴表演训练。学生在没有剧本的情况下，根据给定的情境和角色，自由发挥表演。即兴表演能够培养学生的创造力，提升反应能力和表演的自然度。

三、团队合作与舞台呈现

分组排练，即排练时将学生分成小组，分别扮演小品中的不同角色。分组排练强调团队合作和沟通，让学生学会相互配合、支持，共同完成表演任务。

舞台调度，即教师指导学生进行舞台调度设计，包括角色的站位、走位、动作的配合等，让学生学会利用舞台空间，营造出富有戏剧性的表演效果。

服装与道具方面，教师引导学生根据角色特点选择合适的服装和道具，增强角色的形象感和真实感。同时，这也能培养学生对舞台美术的认识和运用能力。

四、评价与反馈

学生自评，即在排练和表演过程中，让学生进行自我评估，分析自己的表演优点和不足之处。学生自评可以培养学生的自我反思和自我提高的能力。

同学互评，即组织学生进行同学之间的互评，让学生从不同的角度观察和评价他人的表演。通过互评，学生可以学习到他人的优点，发现自己的不足，提高表演水平。

教师点评，即教师对学生的表演进行全面的点评，包括剧本理解、表演技巧、团队合作、舞台呈现等方面。教师给予学生具体的建议和指导，能帮助学生进一步提高表演能力。

五、拓展与延伸

主题探讨，即以小品中的职场主题为切入点，组织学生进行主题探讨。引导学生思考职场中的人际关系、领导风格、职业道德等问题，拓宽学生的思维和视野。

创作改编，即鼓励学生对小品进行创作改编，加入自己的创意和想法。创作改编时，学生可以改编剧情，重新设计角色、主题等，创作改编可以培养学生的创造力和编剧能力。

观摩与学习，即组织学生观看其他优秀的小品或戏剧作品，进行观摩和学习。让学生分析这些作品的优点和不足之处，借鉴他人的经验，提高自己的表演水平。

通过这样的教学方法，我期望学生能够学会在职场中维护平衡，掌握微妙的人际关系处理技巧，并能在复杂的组织生态中找到自己的位置。同时，也希望他们能认识到，在追求职业成功的道路上，不仅要注重个人能力的提升，还要懂得团队合作的重要性和维护公平正义的必要性。

小秘密

那 刚 赵 博

人物 杰克、保罗、安妮

地点 单元楼的某层

【左右各有一个房间、一扇门,中间是电梯间。幕启,右侧的房间里传出叮叮当当的敲打声……安妮穿着睡衣,从左边的门出。

安妮 这是干什么呢?拆房子呢?(走到右边的门前敲门)哎,别敲了!

【杰克开门。

杰克 怎么了?

安妮 什么怎么了?能不能别敲了,我这儿睡觉呢。

杰克 (愣住)什么时间了你还睡觉,现在是下午三点!你美国人啊!

安妮 哎,你制造噪声你还有理了?

杰克 将就点吧您,我这布置新房呢!(打量一下安妮)再说,您也年轻过,应该理解一下我们年轻人不是?

【杰克关门,管自己进去。

安妮 我也年轻过?什么意思?(反应过来)我这正年轻呢!(敲门)开门!开门!有人养没人教的东西,你给我开门!

【杰克拎着榔头出。

杰克 你还没完了?

安妮 (吓了一跳)你要干什么?想行凶啊?

杰克 我,行凶?您误会了,我从来不欺负长辈。阿姨,您回吧,别影响我干革命工作。

安妮　（生气的）你叫谁阿姨呢？你都多大了，你叫我阿姨？

杰克　（嬉皮笑脸）这不是尊重您嘛，要不然叫您什么？小姐？不不，这更难听，要不叫您小妈？

【杰克转身自顾自进房间，安妮气得不行。

安妮　你……你等着！等我老公回来，看怎么收拾你！

【安妮愤愤地回了房间，保罗西服革履上场，从电梯出。敲打声继续。

保罗　（唱）我心中埋藏着小秘密，我想要告诉你……

【敲打声音和保罗的歌声合着拍子，保罗歌声停，敲打声停，保罗歌声起，敲打声起。

保罗　（试探着唱）我心中……（咚咚咚）埋藏着小秘密……（咚咚咚）

【停了片刻。

保罗　我想要……（咚咚咚）

【保罗笑着摇摇头，敲自己家门。

保罗　小心肝，小心尖，小心疼，开门！是我，你老公回来了！

【安妮开门，哭着扑进保罗的怀里。

安妮　你可回来了，老公！

保罗　（惊讶地）怎么了？我的小心碎，出什么事了？

安妮　（哭）老公，我让人给欺负了！

保罗　谁啊？这么大胆子？敢欺负你？

安妮　（指了指对面）是对门，他敲东西不让人休息，我找他理论，他……他还骂人！

保罗　有这种事，你别拦着我，我这就去揍他！（刚想敲门，里面又传出叮叮当当的声音。见安妮没有阻拦，改变语气）你真不拦着我啊？

安妮　（鼓励着）去吧，为你娇滴滴的妻子去报仇雪恨吧！

保罗　（无奈地）好！你先回去，这血腥的场面不适合你，我会处理好的！不叫你，别出来啊！

【保罗把安妮推回房间，保罗定定神，走到右边的门前敲门。

杰克　（生气地开门）你怎么……（愣住）爸！

保罗　（惊讶地）你！你怎么会在这里啊？

杰克　我怎么会在这里啊？

保罗　我在问你，你怎么会在这里啊？

杰克　是啊，我怎么会在这里啊？

保罗　我现在很严肃地问你！你怎么会在这里？

杰克　你怎么会知道我在这里啊？

保罗　我就……你管我怎么知道的，你在这里干吗？

杰克　（搪塞着）今天阳光挺灿烂的，空气也特别清新，小鸟在枝头上歌唱……

【保罗拉着杰克的耳朵出去。

杰克　别，别，我的头型，一会儿还要见人呢！

保罗　臭小子，别说没用的，你妈知不知道这个事儿？

杰克　应该不知道。

保罗　你和谁住这儿？

【杰克支支吾吾不回答。

保罗　（厉声地）说！

杰克　女……女朋友！

保罗　行，行！你可真有出息。你现在长大了，翅膀硬了，主意正了，我管不了你了，是吧！你知不知道我们的脸都被你丢光了，你知道你这是什么行为吗？你这叫未婚同居，出了任何事都是不受法律保护的。你看看你，什么头型！像个鸟窝，打算下蛋啊。还戴耳环，男不男，女不女的！摘了！我给你钱是让你读书的，不是让你出来鬼混的！你爸在外面打拼这么多年，为的是什么？不就是为了你，为了这个家！你知不知道男人这个担子挑起来是很累的，你为我考虑过吗？为你妈考虑过吗？收拾收拾东西，赶快回家。现在，立刻，马上！

杰克　（支支吾吾）爸……

保罗　我没有征求你的意见，我是在告诉你我的决定！

杰克　（支支吾吾）我已经是成年人了，这种事情很正常嘛……

保罗　正常？好。我说的话不中用了，是吧？那好，我打电话给你妈。（拿出

手机)

杰克　(阻拦)别,爸,你听我和你解释!

【保罗要打电话,安妮出场。

安妮　哈尼!怎么还没说好啊?

【保罗连忙走到安妮身边,边推安妮回去边说。

保罗　(小声)你先回去,你先回去,马上就好!

【安妮满腹狐疑地回到房间,保罗松了一口气。

杰克　这个怎么回事儿?

保罗　(装没事)没怎么回事啊?

杰克　我听到他叫你"哈尼"。

保罗　哦,那是我做外贸的英文名字!

杰克　我是没好好读书,"哈尼"什么意思我还是知道的!对了,你怎么会在这儿的?

保罗　这个……是啊,我怎么会在这儿?

杰克　我问你怎么会在这儿?

保罗　是啊,我怎么会在这儿?

杰克　你到底是怎么知道我在这儿的?

保罗　你管我是怎么知道的。

杰克　那你在这儿干吗?

保罗　这个,今天阳光挺灿烂的,空气也特别清新,小鸟在枝头上歌唱……

杰克　别说没用的!

【安妮上场。

安妮　哈尼怎么还没有好啊?

【保罗和安妮开始打眼色。

安妮　哈尼你眼睛怎么啦?不舒服我帮你吹吹。

保罗　没有,你先回去,马上就好!

安妮　快点了,哈尼。(走到门口,撒娇地)饭在锅里,我在床上,就等你了!
　　　(进屋)

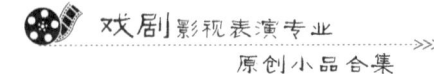

【父子俩对视着,保罗很尴尬。

杰克　没什么好解释了吧,原来一天到晚不回家就是因为你找了个安妮啊?你说你怎么这么不争气啊,我和我妈的脸都让你丢尽了!你知道你这是什么行为吗?你这是婚外情,是要受到法律制裁的!你看看你,一天油头粉面、西装革履的,不都是我妈给你伺候的,你这样做对得起她吗?赶快,收拾东西,和我回家!现在,立刻,马上!

保罗　(支支吾吾)杰克,你听我说……

杰克　我没有征求你的意见,我是在告诉你我的决定!

保罗　我是个男人,这种事情很正常嘛……

杰克　正常个……好,我说的话不中用了,是吧?那好,我打电话给我妈。(拿出手机,准备打)

保罗　杰克,你听我和你解释……

【杰克平静下来,保罗掏出一根烟,递给杰克。

保罗　不会!

杰克　装什么呀,前几天还偷我口袋里的烟抽呢,别当我不知道,快,拿着!

【父子两个互相点上烟,坐在地上,抽了起来。

保罗　(语重心长)杰克啊,男人在这个社会上压力是很大的,有的时候需要放松一下,你要理解保罗,保罗也不容易啊!

杰克　不容易也不能这样啊,我妈要是知道了,还能饶了你!

保罗　那就不要让你妈妈知道啊!这样吧,杰克,我们来个君子协定,你有女朋友在外租房子的事情呢,我给你保密,保罗的事情呢,你也给保罗保密!你看怎么样?

杰克　没门儿!我的性质和你的性质能一样吗?那是有本质上区别的,我这是人民内部矛盾,你那属于敌我矛盾,我妈要是知道咱们的事,对我最多就是批评教育,对你那就是当场爆头!(伸出手指做枪状,指着保罗的头)

保罗　(吓了一跳)别别别,所以我这不是和你商量吗?这样吧,我给你出钱,你换个更好的地方住,在女朋友面前也有面子不是?再说,咱们父子俩都在这住，进进出出也不方便！

【父子俩正思考着，安妮从房门里出来，悄悄地走到父子俩身后听他们说话。

保罗　（下了狠心似的）你不是喜欢车吗？保罗再给你买辆车！

【杰克还在思考着。

保罗　（着急）杰克，怎么样啊？你倒是表个态啊？

安妮　（惊讶地）杰克？

【父子俩吓了一跳，站了起来，发现了身后的安妮。

安妮　（揪着保罗的耳朵）你说，这到底是怎么回事儿？他是你什么人？

保罗　（抵挡着）你放开我，别把我头型弄乱了，一会儿还要见人呢！

杰克　（生气地）你放开，我让你放开他听见没有？

安妮　我就不放。你是谁啊？警察啊？我们两口子的事关你什么事？

杰克　他是我爸，我是他的杰克！

【安妮愣住了，松开手，杰克整理着衣服，尴尬地站着。三个人陷入了片刻的宁静。

安妮　你不是和我说，你是"单身贵族"吗？

保罗　我是担惊受怕！

安妮　你和我说，你有个大公司？

保罗　我还有个大老婆！

安妮　你有房有车？

杰克　还有杰克！

安妮　你今年三十五？

保罗　我今年五十三！

安妮　你这个骗子！

【安妮上来撕扯着保罗，杰克过去拉开双方。

杰克　你干什么？你当小三还当出理来了？

安妮　谁是小三？谁是小三？我从小都是老大，你妈才是小三呢！

杰克　你敢骂我妈，你找揍吧你！

【杰克作势要打安妮，安妮有点害怕，保罗连忙拦住。保罗把杰克拉到一边。

保罗　杰克,你冷静点!

杰克　爸!这女的有什么好的?哪点比我妈强了?你找她干什么?赶快和她断了!

保罗　感情这东西哪能说断就断啊!这需要时间,你给爸点时间好好考虑考虑!

安妮　你,过来!

【保罗连忙赔笑着跑到安妮的身边。

安妮　反正事情已经这样了,以前的事情我既往不咎,不过你得马上和他们母子俩断绝关系!

保罗　亲情这东西哪能说断就断啊!这需要时间,你给我点时间好好考虑考虑!

杰克　爸,你过来!

【保罗赔笑着跑到杰克的身边。

杰克　爸,你告诉她,做事要讲规矩,别那么不懂事!

保罗　好,好!

安妮　你,过来!

【保罗又赔笑着跑到安妮身边。

安妮　你去跟你那宝贝杰克说说,后娘怎么了?后娘也是娘!再年轻我也是长辈,以后不许他目无尊长,没大没小!

保罗　好,好!

杰克　爸,你过来!

【保罗连忙跑到杰克身边。

杰克　爸,你刚才说的事儿,是真的吗?

保罗　什么……事啊?

杰克　买车的事啊!

保罗　真的,当然是真的!(小声,亲密状)咱们不都说好了嘛!

【杰克露出满意的表情。

安妮　老公,你过来!

【保罗马上颠颠地又跑回安妮身边。

安妮　（伸着手,看着自己手指）老公,一颗恒久远,万世永流传,你没忘吧?

保罗　什么啊?

安妮　哎呀,是钻戒啊!

保罗　买!明天咱们就去买!（小声,亲密状）咱们不都说好了嘛!

【安妮露出满意的表情。

杰克　爸,你过来!

【保罗刚跑到一半,安妮又喊:"老公,你过来!"保罗想转身回去,杰克又喊,杰克和安妮同时喊着,保罗在中间无所适从。

保罗　唉,我这是图什么啊!

【突然保罗捂着胸口,缓缓地倒下。安妮和杰克惊慌起来,连忙跑到他的身边。

杰克　（着急）爸,爸!我爸有心脏病!快打120!

【安妮也惊慌起来,打着电话,杰克扶着自己的父亲。

保罗　（虚弱地）孩子,爸爸错了,大错特错。爸爸被这一时的糊涂迷了心窍,伤害了你和你妈妈。爸爸以为自己能掌控一切,却没想到会以这样的方式面对你。我在追逐那虚假的快乐时,弄丢了最珍贵的东西——家庭的和睦与信任。现在我才明白,那些所谓的快乐不过是过眼云烟,而你们才是我生命的根基。如果能有重来的机会,我定会坚守对家庭的忠诚,做一个称职的丈夫和父亲。只希望你能原谅爸爸的过错,不要因为我的错误而对爱和家庭失去信心。还有,千万不能告诉你妈!一定要保守这个秘密!

【幕缓缓拉上,音乐:我心里埋藏着小秘密,我想要告诉你,那不是一般的情和意,那是我内心衷曲……

【收光。

——幕落

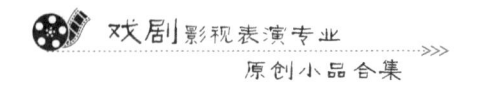

个人选择与社会责任之间微妙平衡

——《小秘密》创作心得与教学方法

在一个充满现代生活气息的公寓楼里,新搬来的大学毕业生杰克正忙于装修,准备与女朋友共同筑建爱巢。然而,他的装修活动却无意中打扰了对面邻居安妮的休息。一天,两个人因此发生了激烈的争执。保罗归来听到安妮诉苦后怒不可遏,决定去对门讨个说法。没想到当保罗敲开杰克家门的那一刻,站在门口的竟然是自己的儿子。两个人的目光交会,充满了尴尬与错愕。经过一番沉默后的自我批评,父子俩达成了一个默契:他们将互相保守秘密。杰克不会揭露父亲在外的秘密生活,而父亲则对杰克与女友同居的事实保持沉默。

然而,安妮并不打算就此罢休。她与杰克的矛盾再次升级,这让夹在中间的保罗感到左右为难。最终,在一次激烈的争吵中,保罗因心脏病发作而倒下,几人之间的脆弱平衡被无情地打破。之后,父子俩终于有了深刻的对话,父亲意识到了家庭、健康和诚实的重要性。

这个故事是对现代家庭矛盾的一次剖析,也是对个人选择与社会责任之间微妙平衡的探讨。在构思这个主题时,我意识到它具有丰富的戏剧性冲突和深刻的社会寓意。这个故事反映了当代社会中普遍存在的代际差异、个人自由与社会责任的冲突,以及道德观念的相对性。通过描绘一个刚刚步入社会的大学毕业生与他处于中年危机中的父亲之间的矛盾,我试图探讨现代家庭关系的复杂性和个体在其中扮演的角色。

撰写此文的过程让我深刻体会到,艺术创作不仅要捕捉生活中的细节,还要深挖人物的内心世界和社会背景。在塑造角色时,我努力赋予他们真实感,让读者能够在他们的冲突中看到自己的影子。同时,我也在思考如何在不评判的前提下展示人物的选择,因为每个行为背后都有其复杂的原因。

在传授此类作品的创作方法时,我会强调以下几点:角色深度,即鼓励学生深入挖掘角色的背景故事,确保每个角色都有独特的性格和动机;情感真实性,即引导学生关注人物的情感流动,确保情感表达真实可信,避免过度戏剧化;社会环境,即分析故事设定的社会环境和文化背景,让学生理解这些因素是如何影响人物的行为和决策的;主题探索,即鼓励学生探索多层次的主题,如家庭价值、个人自由与社会责任等,并在故事中自然地融入这些元素;冲突与解决,即指导学生如何构建故事中的冲突,并寻找合理的方式来解决这些冲突,同时保持故事的连贯性和逻辑性。

通过这样的教学方法,我希望学生能够学会如何创作出既具有文学价值又能够引发读者深思的作品。

我们是一家人

那　刚　施杳杳

人物　陆嘉淇——十四岁,台湾学生

童话——十五岁,大陆学生

时间　冬季傍晚

地点　北京某人造景区

【幕启,在北京某人造景区内傍晚时分,(鸟叫声起)童话提着旅行袋背着书包上。

童　话　你快点走啊,快点啊!

陆嘉淇　我走不动啦!

童　话　什么,你现在说走不动,刚才要不是你上厕所,我们才不会落队呢!

陆嘉淇　关我什么事啊,这儿的厕所脏都脏死了,光是擦一个马桶圈就花了我两包纸巾!

童　话　哪有那么夸张呀,是你自己有洁癖!

陆嘉淇　关我什么事了啦!

童　话　那现在怎么办啊,这天就快黑了。

陆嘉淇　现在是科技时代,打个电话不就行了嘛。

童　话　对啊,你刚才不是把王老师的电话号码输到手机里去了吗?

【话音未落手机便响。

童　话　一定是王老师来电话了,快看看!

陆嘉淇　(拿出手机)喂,李嫂,不好了啦,这里太冷啦。爸爸回来了没有啊?没有啊,给我寄东西啦,什么东西啊?忍者神龟!我喜欢……喂,喂,喂!

童　　话　怎么了,怎么了?

陆嘉淇　哎呀,什么破电话,低电量通话中断!

童　　话　(接过手机摇晃几下)怎么回事啊?

陆嘉淇　哎呀!我连忍者神龟是什么版本的都不知道。

童　　话　你还关心忍者神龟,我们就快变成忍者神龟了!

陆嘉淇　我们要是忍者神龟那就好啦!(摆姿势)嗒嗒嗒嗒,变!

童　　话　你怎么还有这种闲情啊,我们要是还不赶上,老师一定会着急的,说不定到时候就评不上优秀队员了!

陆嘉淇　放心了啦,只要有我陆嘉淇在,老师绝对不会骂你的啦!

童　　话　就凭你,别吹牛了!

陆嘉淇　你就这么不相信我,你知不知道这次冬令营的全称叫什么?

童　　话　我当然知道了,叫"雪绒花杯两岸三好学生友好冬令营"。

【童话话音未落。

陆嘉淇　好了……前面三个字是什么啊?

童　　话　雪绒花啊!

陆嘉淇　对,那你知不知道雪绒花雪花集团的董事长是谁啊?

童　　话　这我怎么会知道。

陆嘉淇　这董事长的名字叫"陆容",陆容就是我爸爸,我爸爸就是董事长啊。哈哈哈哈!

童　　话　真的呀,这么说这次冬令营是你爸爸公司赞助的。

陆嘉淇　不是一般的赞助啦,是独家赞助!

童　　话　哇,你家好有钱呀!

陆嘉淇　毛毛雨的啦。

童　　话　原来你不是三好学生。

陆嘉淇　三好学生有什么的,没有我爸爸哪里来的这么大的冬令营,现在是经济时代,经济决定命运。

童　　话　怎么能这么说呢,三好学生是要靠自己努力才获得的!

陆嘉淇　去！买个十几二十个三好学生称号给我我都不要嘞！

童　话　我不和你说了，你满口就是钱，好了，我要走了，你走不走？

陆嘉淇　不走，我走不动了。

童　话　你真的不走了？我听说啊，这里晚上会有狼，而且这些狼专叼像你这样不会讲普通话的小孩。

陆嘉淇　这里是人工制造的风景区，我倒听说前面有鬼，专门叼像你这种半夜三更赶路的小孩。

童　话　去去去，我才不信呢，就算有，我也不怕，鬼它怕我！

【话音刚落，树叶摇晃声响起，两个人吓得抱在一起直哆嗦。

童　话　这里到底有没有鬼啊，你是听谁说的啊？

陆嘉淇　我刚才瞎说的啦。Oh, My god, It's a bird! 这儿的鸟怎么这么奇怪，半夜三更出来，鸟吓人，要吓死人的啦！

童　话　这是夜莺，当然是晚上出来的啦，连这个都不知道。

陆嘉淇　你是不是真的要走啊，我跟你谈笔生意吧！

童　话　什么，谈生意？

陆嘉淇　这样好了，你背我走。

童　话　让我背你走，你有没有搞错啊，我手上拎着的这些东西都是你的，你还让我背你走，你把我当你家保姆啦。

陆嘉淇　我说过啦，现在是经济时代，我不会亏待你的啦，你背我走一步，我给你五块钱。

【童话转头看陆嘉淇。

陆嘉淇　哦，太少了，我是小气了一点，走一步，给你十块钱。

童　话　什么什么，走一步给我十块钱，那我背你走到营地，不就成万元户了吗？

陆嘉淇　是的啦，到时候你可以想吃什么吃什么，想买什么买什么，下学期的书本费啊，学杂费啊，交通费啊，零花钱啊，你爸爸、妈妈都不用付了。

【童话有点动心，向陆嘉淇慢步走去。

陆嘉淇　快啊，快过来背我啊！

【童话欲走,又不走,到陆嘉淇跟前正准备背她,又转身。

童　话　我才不背呢,要走你自己走!

陆嘉淇　什么,你不背我,可真笨啊!

童　话　你说什么?你再说一遍!

陆嘉淇　说你笨!

童　话　你敢骂我,你才是笨蛋、小猪仔!

陆嘉淇　你骂我,我打你。

【两人互打,绕树追逐。

童　话　你敢打我,看我怎么收拾你。

陆嘉淇　你干什么吗?

童　话　你狗嘴里吐不出象牙来。

陆嘉淇　什么狗嘴,我这叫皇帝嘴。

童　话　猪八戒嘴才对。

陆嘉淇　Stop! 你快出招吧!

童　话　看着!(摆姿势)黄飞鸿知道吗?

陆嘉淇　我还在日本学过柔道呢!别废话,出拳。

童　话　接招。

陆嘉淇　一、二、三……石头、剪刀。

童　话　布!

陆嘉淇　我又输了,我要告诉我爸爸把你除名了。

童　话　你说呀!

陆嘉淇　(拿手机)爸爸,我有个同学欺负我,你把她除名。你怎么一点都不怕?

童　话　你手机的电量可打不了电话,想骗我呀,你还嫩着呢!

陆嘉淇　你和我来真的,我发 E-mail。

陆嘉淇　爸爸,这里有个人欺负我,骂我是小猪仔,你马上把她除名,快快快,准备发送!

童　话　哎……(回头)

陆嘉淇　想求我了，是吗？

【童话转身走到树旁，绕树走。

陆嘉淇　五、四、三、二、一！准备发送！

童　话　我求你，我求你不要取消我的资格。

【音乐。

童　话　我从小就有一个心愿，那就是来北京亲眼看一看万里长城和故宫，可家里的条件不允许，这个学期开学的时候，老师告诉我们，好好学习当上三好学生就能参加冬令营来北京。于是，我很努力地学习，最后终于当上了三好学生，完成了心愿，来到了北京。可现在，你要取消我继续参加冬令营的资格，我这么回去，老师们一定会很失望，同学们也一定会瞧不起我的。

陆嘉淇　Sorry！我不知道的啦。

【陆嘉淇向童话解释，童话不听，两个人一前一后绕树走。

陆嘉淇　你听我解释啦！

【树叶声又响，吓得两个人又抱在一起直哆嗦。

陆嘉淇　It's a bird，怎么又是你！真是林子大了，什么样的鸟都有。

【童话哭，童话与陆嘉淇各自背靠树坐下，音乐响起。

陆嘉淇　我不是想把你除名，我只想和你玩，在你面前那么做是为了让你看得起我。其实我挺可怜的，在我小的时候，我爸爸、妈妈就离婚了，我连妈妈长什么样子都记不得了，爸爸长年在外工作，家里只有李嫂和我。今天是我的生日，爸爸为了不让我孤单给我安排了这次冬令营。我看到你们个个都是三好学生，只有我不是，我很难过。

童　话　原来今天是你的生日啊，你怎么不早说。

陆嘉淇　你又没有问我，我干吗告诉你呀？

童　话　（伸出手）生日快乐！

陆嘉淇　生日快乐！

童　话　（学陆嘉淇的口气）生日快乐！

陆嘉淇　你学我。

童　话　这样吧，我送你一个生日礼物。

【童话拉着陆嘉淇上小山坡，然后俯下身。

陆嘉淇　你不是说不背我吗？

童　话　刚才我不背你是因为我不想成为你的保姆，现在我背你是因为想成为你的朋友。

陆嘉淇　你说什么，你想成为我的朋友？

童　话　是的，我们是朋友。

【童话提起东西交给陆嘉淇。

童　话　上来吧。

【童话背着陆嘉淇绕着小山坡走。

陆嘉淇　我重吗？

童　话　还好啦。

陆嘉淇　你可不要逞能呀。

童　话　没有呀，(唱)Happy birthday to you，Happy birthday to you……

【两个人一起唱。

童　话　你什么时候去台湾？

陆嘉淇　这里一结束我就要走了。

童　话　那你还来吗？

陆嘉淇　那可能要等到台湾回归大陆的时候了，我现在回来一次很不方便。

童　话　那台湾一定要快点回归，这样我们就能快点再见面了。

陆嘉淇　好啊！

【两个人摔倒。

陆嘉淇　你有没有搞错啊，让你不要逞能嘛。

童　话　谁让你在上面乱动的？

陆嘉淇　哎呀，你流血了。

童　话　血……(哭)

【陆嘉淇拿出围巾要帮童话系上。

童　话　不要，这条围巾这么漂亮，别把它弄脏了。

陆嘉淇 没关系啦,才几百块钱,你比围巾重要啦。

【陆嘉淇认真地帮童话止血,吹……

童　话 谢谢!

陆嘉淇 呵呵,还疼吗?

童　话 不疼了。

陆嘉淇 我背你吧。

童　话 不要啊,我很重的,你背不动的。

陆嘉淇 你别看我人小,力气可大了!

童　话 你还是算了吧。

陆嘉淇 反正不收钱,免费的啦。

童　话 你怎么又和我提钱。

陆嘉淇 不提钱,不提钱。

【陆嘉淇背着童话走上小山坡。

陆嘉淇 你听,是老师啊。

童　话 是,王老师来找我们了!

【两个人举起双手挥舞着。

童　话、陆嘉淇 王老师,我们在这儿,王老师,我们在这儿,王老师……

【收光。

——幕落

两岸童心盼统一
——《我们是一家人》创作心得与教学方法

这部小品以两个来自不同地区的孩子在冬令营中的经历为线索,深刻地展现了两岸同胞血浓于水的亲情以及对台湾回归的殷切期盼。孩子们从争吵到理解,结下深厚友谊的过程,传达出"我们是一家人"的核心主题。

小品《我们是一家人》强调了无论来自哪里,孩子们都有着相似的情感需求和渴望,以及在困难面前相互扶持的美好品质。同时,也反映出台湾回归对于促进两岸人民交流、增进感情的重要意义。

童话和陆嘉淇这两个孩子形象鲜明,各具特点。童话来自大陆地区的山区,有着朴实、善良、坚强的品质,为了实现看长城和故宫的心愿努力学习,成为三好学生;陆嘉淇来自台湾地区,娇气但内心善良,因家庭原因渴望关爱。他们的性格冲突和成长变化使故事更加生动。两个人的对话和行为展现了孩子的纯真与直率,同时也反映出不同成长环境对他们的影响。在相互了解后,他们放下偏见,成为朋友,体现了人性中的美好和包容。

小品中充满了真挚的情感,孩子们的争吵、害怕、理解和期待都能引起观众的共鸣。尤其是他们之间的友谊和对彼此的关心,让人感到温暖。对台湾回归的期待贯穿始终,这不只是孩子们的愿望,也是两岸人民共同的心声。它赋予了小品更深层次的意义和价值。

在当前的时代背景下,这部小品具有重要的现实意义。它提醒人们要为促进两岸交流与合作,为实现祖国统一贡献力量。通过孩子们的故事,观众能更加了解两岸人民的共同情感和需求,增强民族认同感和凝聚力。

一、剧本分析

引导学生仔细阅读剧本,分析人物性格、情节发展和主题表达。让学生理解每个角色的动机和情感变化,以及情节的转折对故事的影响。讨论剧本中的现实意义和价值,引导学生思考和讨论,提高他们的分析能力和批判性思维

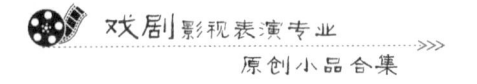

能力。

二、角色塑造

让学生通过朗读剧本、模仿角色的语气和动作来深入理解角色。可以组织学生进行角色扮演活动,让他们在实践中体会角色的内心世界。指导学生如何通过表情、语言和肢体动作来展现角色的性格特点。例如,童话的朴实可以通过简单的服装和真诚的表情表现出来,陆嘉淇的娇气可以用夸张的动作和语气来呈现。

三、情感表达

教授学生如何在表演中表达情感,让观众能够感受到角色的内心世界。强调情感的真实性和自然性,避免过度表演。鼓励学生通过细节表现情感,如眼神交流、微表情等。可以让学生观看一些优秀的表演作品,学习如何表达情感。

四、团队合作

强调团队合作的重要性,让学生明白每一个角色都是小品的一部分,只有大家共同努力才能呈现出精彩的表演。组织学生进行排练,让他们在排练中学会沟通、协调和互相支持。及时给予学生反馈和建议,帮助他们不断改进表演。

五、主题拓展

引导学生深入思考小品的主题,拓展相关的知识和话题。组织学生进行讨论、演讲等活动,让他们更加深入地了解祖国统一的重要性。鼓励学生将小品中的情感和主题与自己的生活联系起来,培养他们的爱国情怀和民族自豪感。

六、表演展示和评价

组织学生进行表演展示,让他们有机会向观众展示自己的成果。可以邀请其他班级的学生或老师、家长来观看表演,增强学生的成就感和自信心。表演结束后,组织学生进行评价和反思。让他们从观众的角度出发,分析自己表演的优点和不足之处,提出改进建议。同时,也可以让观众发表自己的看法和感受,促使学生进一步提高。

实习护士

那　刚

人物　护士长、实习护士(王丹尼)、男患者(傅克非)、患者姐姐

时间　某日下午

地点　医院输液室

护士长　小王,小王。

实习护士　唉,护士长。

护士长　在干吗呢?

实习护士　在消毒器械呢?

护士长　消毒器械?嘴里在吃什么呢?

实习护士　呵呵,糖。

护士长　跟你说多少遍了?上班时间不能吃东西。

实习护士　饿。

护士长　饿也不能吃东西。你看看这都脏成什么样了,跟菜市场一样,人家看了都得跑。

实习护士　我刚扫过,肯定是刚才那个病人,打点滴还吃东西,吐的满地都是,他还抽烟呢,你不知道,他那满口黄牙真恶心。

护士长　跟你说过多少遍了,不要在病人背后评头论足的。

实习护士　哦。

护士长　你鞋呢?怎么又穿拖鞋来上班啊?

实习护士　我那鞋……

护士长　鞋呢?

实习护士　太小了。

护士长　嫌小你不会去后勤部换啊！

实习护士　我去了,人家说,没有四十码的女鞋。

护士长　那也不行,没有,你明天自己去买一双。

护士长　扣子扣上。

实习护士　热。

护士长　热也得扣上,这是制度。帽子呢?

实习护士　在这儿呢。

护士长　真拿你没办法。上午情况怎么样?

实习护士　一切正常。

护士长　又有两条投诉。

实习护士　不可能,我今天只扎坏了一个啊。

护士长　贵院护士王丹尼,将我好好的手掌愣是打成了熊掌。

实习护士　我向你保证,我只扎了三四针。

护士长　你看看你！贵院护士王丹尼,上班时间接听电话延误病人拔针时间,导致病人手臂大量出血。

实习护士　太夸张了……打针哪有不出血的。

护士长　丹尼啊,你不能总是大大咧咧、马马虎虎的,跟你说过多少遍了,作为一个护士要有最基本的行为准则,要爱岗敬业,你现在是个实习护士,赶明儿,你真成为护士了,这样能行吗?

实习护士　不行。

护士长　你让我怎么给你写实习鉴定。

实习护士　护士长,你最好了,你会好好给我写的,对吧?你就再给我几次机会吧！

护士长　几次?

实习护士　一次,就一次。护士长,你说谁没有年轻过,谁没有犯过错误呢！关键是我们要认识到错误并努力改正,在哪里跌倒就在哪里爬起来。护士长姐姐,你说是不是啊?

护士长　你呀,就这张嘴甜。

实习护士　那你别生气了。

【座机电话响。

护士长　你好！输液室,好好好,我马上过来。

护士长　小王,医务科召开紧急会议,我去一趟。

实习护士　护士长你就放心吧,我保证完成任务。

护士长　认真点啊。

【患者姐姐与男患者上。

患者姐姐　快点！

男患者　哎呀,姐,我吃点药就好了。

患者姐姐　你都吃几天药了？快点,坐下。打个针都把你怕成这样。

男患者　开玩笑,我怕？我只是觉得,打针浪费时间嘛。

患者姐姐　这点时间你就不用省了,我今天可是请假过来陪你的。(手机响)咱妈来电话了。

患者姐姐　喂,妈,在医院呢,你还不了解你儿子啊！好的。

男患者　喂,妈,唉,我的意思是吃药不就完了嘛,非要打针干吗？唉,行了,行了……

患者姐姐　怎么样啊？

男患者　不就打针嘛,谁怕谁啊？

实习护士　傅克非。

患者姐姐　在这儿呢？

实习护士　皮试做了吗？

患者姐姐　做过了。

实习护士　哪只手？

男患者　这只……还是这只吧。

实习护士　到底哪只啊？

男患者　这只,姐。

实习护士、患者姐姐、男患者　啊！

实习护士　你干吗呀？

患者姐姐　对不起啊，护士小姐，我弟他从小就晕针。

实习护士　晕针也不能捏我啊。

患者姐姐　对不起啊，再打一次吧！

实习护士　真是的，打针有什么好怕的，挺大个男人，打针怕成这样。

男患者　谁怕了？啊！（跺脚）

实习护士　你别动啊，别动！

男患者　啊！（跺脚）痛，痛……姐，肿了。（愤怒地）你会打针吗你？

实习护士　你乱动什么啊？你不乱动能成这样吗？

男患者　你把我扎成这样你还有理了，我不打了。

患者姐姐　回来，你不打你上哪去啊？

男患者　姐。

患者姐姐　不打针病能好吗，病不好，你明天还要不要比赛了，你是不是非要咱妈来啊？

男患者　打也行，你给我换个护士，不用她。

患者姐姐　行行行，你先坐下，护士小姐，还有其他护士吗？

实习护士　没有。

男患者　没有？这么大的医院就你一个护士？

患者姐姐　其他人呢？

实习护士　开会去了。

患者姐姐　那差不多快回来了吧？

实习护士　那可说不准，现在开会没完没了的。

患者姐姐　这可怎么办呢？要不这样吧，护士，劳烦你再给打一针吧。

实习护士　我？对不起，你再等会吧，别一会儿打坏了还赖我。

患者姐姐　我弟就这样，你别跟他一般见识，他是无意的，我们相信你，再给他打一针吧。

实习护士　这可是你说的啊，行，不就打个针嘛，你放松，配合一点啊！

男患者　啊！

实习护士　好了好了,这不打上了嘛。

患者姐姐　谢谢啊,护士。

实习护士　姐,疼。

患者姐姐　打针能不疼嘛,行了,这针打上了,姐还有事,先走了,待会儿来接你。

【患者姐姐匆匆忙忙地离开了。

男患者　哎,肿了。

实习护士　你别动啊!

男患者　我说你会不会打针啊?都把我的手打成馒头了。你们领导呢?给我找来。

实习护士　开会呢。

男患者　什么时候回来?

实习护士　不知道。

男患者　不知道?行,那我就坐在这儿等,什么时候回来我就什么时候走。意见本,正好。王丹尼?

实习护士　干吗?

男患者　你就是王丹尼啊?我怎么那么倒霉啊。意见本上怎么都是你啊?

实习护士　他们爱写就写呗。

男患者　人气指数挺高的嘛,服务态度不端正,多次滚针。好,我也给你写上一笔。笔呢?

实习护士　没有。

男患者　你那不是有笔吗?

实习护士　这是我的私人用笔,不外借。

男患者　你借我一下怎么了?

实习护士　不借。

男患者　不借是吧,我自个儿买,我今天就跟你耗上了。

实习护士　去吧,去吧!哼,投诉我?我让你投诉,让你投诉。

护士长　小王,你在干吗?

实习护士　护士长,我在看意见本,看看大家的意见,吸取教训,努力改正。

护士长　　哎,这就对了,早该看了。我们要增强服务意识,患者的意见是我们改进的方向。

男患者　　笔买来了,本呢?

护士长　　什么本?

男患者　　意见本。

护士长　　在那儿啊。同志,你这是要给我们提意见啊?

男患者　　意见?我意见大了,王丹尼!

实习护士　护士长,这……

男患者　　你就是护士长啊?来得正好,我也不用写了。你看看我的手,就用针头在我血管里搅来搅去,都肿成馒头了,你知道我多疼吗,你知道我流了多少血吗?

实习护士　有那么夸张吗?

男患者　　你看,你看最要紧的还是她那态度,把我打成这样,非但不道歉,说她两句,还顶嘴。就这样的护士你们也敢用?就这种素质的也能当护士?

护士长　　对不起,对不起!这事我来解决啊。

男患者　　你看着办吧!

护士长　　小王这是怎么回事?

实习护士　护士长,你听我解释。

护士长　　解释什么?你赶紧去道歉。

实习护士　要我跟他道歉?我不去。

护士长　　你不去是吧?那你的实习期就提前结束了。明天开始你就不用来上班了,你可以走了。

实习护士　护士长,你不知道,他这个人晕针,他换了左手换右手……

护士长　　那你去不去?

实习护士　去,对……不……起!

男患者　　行行行,算我倒霉,我不打了还不行嘛。

护士长　等等,你看医生都下了医嘱,如果是因为我们护士的原因使针没打成,这就是医疗事故,我们要承担责任的。你帮帮忙啊,我来给你打,就一针,你先坐。

男患者　行,行。

【实习护士下。

护士长　你去哪儿啊?

实习护士　回家。

护士长　回家干什么?

实习护士　我不干了。

护士长　小王啊,我说你两句你就受不了啊? 你说你们这些孩子怎么就这么任性,说不干就不干了? 那你这些年的书不是白读了? 你家长的心血不就白费了吗?

实习护士　我真没用,连个针都打不好。

护士长　打不好可以慢慢练啊,谁是一开始就能打好的,时间久了就好了。谁没年轻过啊,重要的是在哪儿跌倒的就要在哪儿爬起来。

实习护士　我爬不起来了。

护士长　那我就扶你起来。来,来,看我给你演示一遍,教你怎么打。

男患者　等会儿,还是让她来吧。

护士长　啊? 你还让她打啊?

男患者　得,我也"扶"她一把,反正都已经被扎成这样了,也不在乎多扎一针了。今儿啊,我就好人做到底,再给她当回活靶子。(实习护士哭)别哭了,顺便啊,你也"扶"我一把,打小他们就说我胆小,今儿我也练练自己的胆子。你想啊,我都敢让你给我打针了,别的我还怕什么呀?

【实习护士破涕为笑。

护士长　你赶紧过来。

实习护士　你真放心让我打啊?

男患者　打吧,护士长不是在嘛!

实习护士　你真勇敢。

男患者　打吧！等会儿,有毛巾吗? 纱布也行。

护士长　有有有,我给你包上。

男患者　来吧。

护士长　别紧张啊。

【音乐。

实习护士　滚针了吗?

护士长　没有。

实习护士　疼吗?

男患者　不疼。

实习护士　耶！我成功了,护士长,你相信吗? 我成功了。谢谢你!

实习护士、男患者　耶!

【实习护士、男患者击掌。

男患者　又滚针了!

护士长、实习护士　啊?

【音乐。

【收光。

——幕落

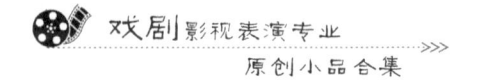

《实习护士》创作心得与教学方法

  在灯光下,舞台成为映射人心的一面镜子。这部小品的主角是一个刚踏入职场的实习护士,她满怀热忱却不免有些粗心。因为她不稳定的技术,病人们的手成了她锻炼技艺的牺牲品。男患者晕针,他的形象代表了每一个对特定事物有所恐惧的人。当两个角色因为一次次手部肿胀而发生争执时,戏剧冲突自然而然地产生了。

  在创作过程中,最重要的是捕捉人物的心理活动和情感变化。在构思剧本时,我将自己置于不同角色的立场,试图理解他们的难处和顾虑。实习护士的手忙脚乱和内心的自责,患者的恐惧和愤怒,这些都是我们要通过台词和动作细致描绘出来的。在幽默的表象之下,我希望观众能感受到角色的真实情感,从而产生共鸣。

  在教学方法上,我强调实践与反思的结合。在排练过程中,鼓励演员们进行角色扮演的练习,不是简单地背诵台词,而是要真正进入角色的内心世界。通过即兴表演的方式,演员们可以探索角色的不同面向,找到最能触动观众心灵的表现形式。此外,我还会定期安排讨论会,让演员们分享彼此的表演体验和心得,互相学习,共同进步。

  最终,当实习护士意识到自己可能不适合这个行业,却又因为男患者的鼓励而决定再次给男患者打针时,剧情达到了高潮。这不光是对实习护士的考验,也是对男患者勇气的挑战。在这个过程中,两个人都经历了转变,实习护士学会了同理、共情和坚持,而男患者则克服了自己的恐惧。

  小品《实习护士》不仅是一部轻松幽默的作品,还是一部富有教育意义的作品。它通过讲述一则关于医疗小失误的故事,深入探讨了人性、同理心以及个人成长的主题。戏剧是一种强大的沟通工具,它能够跨越语言和文化的界限,直击人心。通过这样的创作与教学实践,我们希望能够激发更多人对戏剧艺术的热爱,并认识到在生活中不断学习和成长的重要性。毕竟,任何人都可能是那位需要有一针见血的勇气和同理心的实习护士,也都需要那份在挑战中前行的坚韧。

沙县小事

那　刚

人物　老板娘、拾荒者、店老板

时间　某日下午

地点　沙县小吃店

【下午两点钟,老板娘正趴在柜台上睡觉,边睡边打呼噜,电视里放着正在热播的《还珠格格》。

老板娘　呼呼呼……

拾荒者　老板。(见老板没反应,又叫了一声)老板？

【正在这时,拾荒者背上背着的小孩子哭了起来,老板娘被惊醒,看了一下眼前这个衣衫褴褛的中年妇女,一脸嫌弃。

老板娘　哎哟,没有的,走了,走了,走了。

拾荒者　哎呀,老板,我是来吃饭的。

老板娘　现在都几点啦,还吃饭？没有,没有,厨师都下班了啊,走走走。

拾荒者　老板,你看我一整天没吃饭了,还背着个孩了,他也饿了,不吃饭没奶水啊,老板,你就给我来碗馄饨吧！

老板娘　唉,你这个人。唉,下次给我早点来,别在这个时间点。

【老板娘边走边嘀咕,一脸的不情愿但又看小孩子可怜。老板娘进了厨房。

拾荒者　唉,好的,好的。

【拾荒者见老板娘进去了,忙到外边把捡来的瓶子、纸板拿进来,正在这时,老板娘端着一碗馄饨出来了。

老板娘　哎！你这人怎么回事啊？把这些东西拿进来。

拾荒者　老板,我这些都是刚刚捡来的,放在外面会被别人拿走的。

老板娘　没人要拿你的东西,都给我拿出去,现在禽流感那么严重,你这些东西拿进来会有细菌的,客人看见就不进来吃饭了,走走走,拿出去。

拾荒者　哎呀,老板,哪里来的禽流感啊,我这些东西都是刚捡来的,很干净的。

老板娘　不行,拿出去,我告诉你啊,你要是把这些东西拿进来就别给我在这里吃饭。

【拾荒者愣了一下。

拾荒者　好了,好了,那我把这些东西放在这里总行了吧?反正你这里也有什么簸箕、笤帚什么的,放在这里没事的。

【拾荒者边说边走到位子上去吃馄饨。

老板娘　唉,我说你这个人,怎么……

【老板娘说着说着走到了柜台边的椅子上坐下来,开始打电话给她老公。

老板娘　(电话没接通)……怎么关机了?

【老板娘生气地放下电话,双手叉腰。这时,拾荒者端着馄饨走到柜台边打量着老板娘。

拾荒者　老板。

老板娘　干什么?

拾荒者　老板,这个桌子上的东西都是免费的吗?

老板娘　唉,免费的。

拾荒者　那个,咸菜也是不要钱的啊?

老板娘　免费的,免费的,你吃好了啦,话这么多。

拾荒者　唉,好。

【老板娘继续打电话,拾荒者看碗里的咸菜没了,四处张望一下,想问老板要,但又不敢,于是自己去另一张桌子上拿。

老板娘　哎!你干什么啊?

拾荒者　哦,咸菜没了,我再加一点。

老板娘　啊,加这么多啊。哎呀,这个咸菜很咸的。

拾荒者　唉,老板,我口味很重的。

老板娘　这个咸菜真的很咸的。

拾荒者　我要吃的。

老板娘　很咸的。

拾荒者　我要吃的。

【两个人抢着碗,一不小心就撒了。

老板娘　哎呀,你这个人怎么回事啊?

拾荒者　唉,老板,对不起啊!

老板娘　你别碰我。

拾荒者　老板,我帮你扫。

【拾荒者转身去拿笤帚。

老板娘　不用你,我自己来,越帮越忙,赶快吃,吃好快走。

拾荒者　唉,对不起啊,老板!(尴尬)

【老板娘扫完地拿着笤帚走进厨房,这时,店老板进来了,看了一眼拾荒者,朝柜台方向走去,打开抽屉就拿钱,老板娘从厨房走出,看到这一幕。

老板娘　你还知道回来呀?手机怎么关机了?昨天晚上上哪去了?

店老板　我嘛,搓麻将去了嘛。

老板娘　麻将,麻将,天天麻将,你娶麻将当你老婆好啦!你都不知道我为了省点钱,把店里的服务员、厨师都辞掉啦。什么都是我一个人,我累死累活为的什么啊?还不是为了我们这个家嘛。过两天小孩要上学啦,这学费还不知道去哪里弄,我是去偷还是去抢啊?

店老板　啊,怎么啦?委屈了是不是啊?不想过了是不是啊?那走走走。

老板娘　去哪里啊?

店老板　你不想过了我们就去离婚好了啊。

老板娘　啊?我又没说要离婚。

店老板　(不耐烦地)那你叽叽歪歪叫什么叫啊?话这么多。

【老板娘看着店老板走了,还把抽屉里的钱都拿走了,老板娘想起一些事,坐在椅子上开始哭。拾荒者在吃馄饨时把汤洒到衣服上了,她走向老板娘。

拾荒者　老板。

老板娘　你干什么,没看到我在哭吗?

拾荒者　可是我这个馄饨汤不小心洒啦,你能不能再给我加一点啊?

老板娘　你自己不会去啊。

拾荒者　啊?(惊讶)我自己去,那……那我要去哪里加汤啊?

老板娘　(大吼)厨房!你这个人怎么这么烦啊?

【拾荒者进去后,老板娘开始打电话给自己母亲。

老板娘　喂,妈。我当初就跟你说了这个人不行,你们非说他好,现在好了,他说要跟我离婚啦。(讲到离婚的时候,拾荒者从厨房走出,看着老板娘)你看什么看啦,哎呀!我懒得跟你讲了,挂了,挂了。

【拾荒者默默地回到座位上吃馄饨,而老板娘则坐在椅子上抽泣,拾荒者看着老板娘在哭,想了想,拿着面巾纸走到老板娘的跟前。

拾荒者　老板,不要哭了。你比起我来也算是幸福的啦。你看看你还有个小店开开,有个老公可以跟你吵吵架,我想找个人来吵也没人跟我吵呢。

老板娘　那你老公呢?

拾荒者　(沉默一下)死啦。

老板娘　啊?你老公死啦!那我比你幸福多了,我老公还活着。

拾荒者　是的呀,所以啊,你就别难过了啊。

老板娘　那……那你老公咋死的啊?

拾荒者　(低头不语,眼睛里闪动着泪光)他是一名矿工,遇到矿难了。

【拾荒者说完这句话,默默地走到了座位上,拿起纸巾抹眼泪。这时,背上的孩子哭了,拾荒者急忙把孩子从背上放下来,老板娘走过来帮忙。

老板娘　我帮帮你。

拾荒者　唉,好。谢谢你,老板!

老板娘　没事,没事。孩子是不是饿了啊?

拾荒者　大概是,一整天都没吃什么东西。

【拾荒者开始喂奶,老板娘见状忙去柜台上拿吃的给拾荒者。

老板娘　来,大姐啊!你也要补补营养了啊,没营养奶水不够,对小孩子不好

的啊！（边说边递牛奶给拾荒者）

拾荒者 哎呀,老板,这个牛奶很贵的,我不能要的。

老板娘 没事的,喝吧。（把牛奶往拾荒者嘴边送）

拾荒者 唉,谢谢老板啊,你真是一个好人啊！

老板娘 你是哪里人啊？

拾荒者 我老家是安徽的。

老板娘 哦,安徽的。（看看身后的废品）你准备以后都靠捡瓶子过日子啦？

拾荒者 哎哟,老板,这瓶子捡得好也很好的。（看看孩子睡着了,放低音量）老板,我跟你说,我每天起很早的,先到回收站的保安室那里去,要跟保安打好关系,他会先让我进去。一开始,那个保安不让我进去的,后来我一想,一星期送他一包烟,折算下来一天两块钱都不到,我有的赚。进去后,我就把今天和昨天剩下来的瓶子全部捡走。这还不算所有的,我还会到其他地方,东捡一点,西捡一点,瓶子多的时候家里都堆不下的。

老板娘 啊？那你不会先卖掉啊？

拾荒者 唉,这哪能说卖就卖啊。

老板娘 那留着有什么用呢？

拾荒者 老板,这你就不懂嘞。我们这个行业跟黄金、股票市场很像的。股票有时涨有时跌,价格低的时候人家买进来,等价格一高都卖出去。我们这个行业也是这样子的。价格不是成不变的,价格低的时候我就放在家里,等价格高了统统都卖出去。这拿回来的钱都是净利润。

老板娘 （笑着）看不出来你这个人还蛮有生意头脑的嘛。

拾荒者 （笑）唉,是的,是的。这穷人致富的方法还是要有的嘛。

老板娘 唉,你这个人蛮乐观的嘛,像外面那些捡破烂的,都不知道要怎么生活嘞。

拾荒者 开心过一天,不开心也是过一天,那还不如开心一点呢。

老板娘 那你今后有什么打算啊？

拾荒者 今后啊,也没想过……就这样捡捡垃圾,把这个孩子拉扯拉扯大。

(忽而笑了)嗨,人生没有过不去的坎,凡事都得向前看嘛。

老板娘　哦,说得对的。这样子,那……你身份证有的吧?

拾荒者　身份证有的呀,我也是中国公民啊。

老板娘　给我看一看。

拾荒者　哦,好。好像是在这个口袋里。

【老板娘从拾荒者的口袋里拿出身份证,仔细地看了看。

拾荒者　老家是安徽的。

老板娘　嗯,嗯,是的。这个,你叫"黄水水"是吧?

拾荒者　黄淼淼。三个水,念"miǎo"。

老板娘　啊!三个水念"miǎo"啊?哦,我知道的。

拾荒者　很多人都不知道的。

老板娘　哎呀,我很有文化的嘛。三个水念"miǎo",我知道,知道的。

拾荒者　唉,老板有文化的。唉,你拿我身份证要干什么呀?

老板娘　这个,你要是不嫌弃的话,(想一想)就留在我这里好了。

拾荒者　额……这个……老板……

老板娘　怎么?不愿意啊?

拾荒者　这哪能不愿意啊。只是像我们这样的文化水平,初中都没念过,就小学毕业,很多人不要用我们的。

老板娘　额,这个……我嘛,也是看你蛮可怜的……捡破烂,还要养个孩子。唉,看你这个人嘛蛮老实的,就想留你帮忙干个活。

拾荒者　好的,好的,谢谢老板!

老板娘　这个工作嘛是很辛苦的。你每天过来要先扫地,再擦擦桌子,然后还要擦窗户……

拾荒者　哎呀,没关系的,老板,你看我每天这样在捡破烂,我都不怕辛苦。

老板娘　不怕辛苦,好的。你过两天来的时候,这个厨房嘛还是先交给我,你没什么经验。你嘛,先给我看看外面,搞搞卫生就可以啦。这个小孩嘛也可以带过来,不忙的时候我还可以帮你照看一下。下午这个时间点店里是很空的,你可以去捡捡你的瓶子,但是瓶子不能带过来的，客人会说的哦。

拾荒者　好的，好的，谢谢老板，个么我就有两份工作了，以后日子好过了呀。

老板娘　还有，你过来的时候衣服要穿干净一点，我们毕竟是做餐饮的嘛。

拾荒者　好的，好的，老板。

老板娘　那你先去做个健康检查吧。

拾荒者　啊？还要体检啊？

老板娘　那肯定要做的啊。我们这个做餐饮的很讲究卫生的。

拾荒者　那好，好，我去做，我去做。

老板娘　唉，那你做体检的钱有吗？

拾荒者　啊？体检还要钱的啊！

老板娘　这不是废话嘛！现在去公共厕所上个厕所都要一两块钱，这个做体检怎么会不要钱呢？

拾荒者　那……那要多少钱啊？

老板娘　大概一百来块。

拾荒者　啊？一百来块啊？

老板娘　怎么，钱有吧？

拾荒者　额……这个……（面露难色）我会去想办法的。

老板娘　唉唉唉，等一下。

【转身，从好几件衣服里面掏出一百块钱。

老板娘　这个钱先给你。

拾荒者　老板，你这个钱怎么是从那里拿出来的啊？

老板娘　还不都是那个死鬼啊，输了钱回家拿，我总要防着一点吧。

拾荒者　不过老板，这个钱我不能拿的。

老板娘　哎呀，这个钱是借给你的。反正你过两天就要过来工作啦，这个钱就从你下个月的工资里面扣。

拾荒者　那谢谢老板啊，我现在就去做体检，现在就去。

【刚走两步，又转身回来。

老板娘　怎么啦？

拾荒者　老板,这个孩子还抱在手上呢,帮我绑一绑。

老板娘　好,你这个人还真是心急啊。

拾荒者　唉,好嘞,那我体检去啦。

【拾荒者又回来。

老板娘　你又怎么啦?

拾荒者　老板,你看我这个脑子,馄饨的钱我还没给呢。

老板娘　哎哟,没事的。不就三块钱嘛!过两天你就来工作啦,我们就是一家人了。

拾荒者　不行的。来上班是过两天的事情,馄饨是今天的事情,要给的,要给的。来,你拿着。

【说完,把钱硬塞到老板娘的手里,转身拿起东西就走了。

拾荒者　我去体检啦,去嘞,去嘞!

老板娘　唉,好的,小心点哦。过两天来哦!

拾荒者　好的,好的。

【老板娘看着拾荒者远去的身影。

【音乐。

【老板娘看看手里的三块钱,再看看桌子上的馄饨,若有所思。

【收光。

——幕落

《沙县小事》剧照

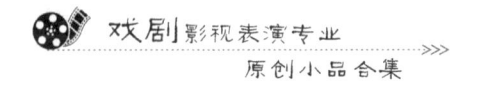

《沙县小事》创作心得与教学方法

小品《沙县小事》的创作灵感来源于生活中常见的沙县小吃店以及社会中不同人物的真实困境。老板娘、老板娘的赌徒丈夫和拾荒妇女的故事交织在一起,展现了现实生活中的复杂情感和人的多面性。这种源于生活的创作更容易引起观众的共鸣,观众在观看小品的过程中感受到生活的无奈的同时,也能从中汲取力量,找到希望。例如,老板娘对拾荒妇女态度的转变,从嫌弃到同情再到帮助,反映了人们内心深处的善良和宽容。而老板娘的赌徒丈夫的形象则提醒人们赌博对家庭的伤害。拾荒妇女的坚强和乐观则给人以鼓舞,即使在困境中也能保持对生活的热爱。

在创作过程中,要注重塑造鲜明的人物形象,使每个角色都具有独特的性格特点。老板娘的泼辣与善良、其赌徒丈夫的不负责任、拾荒妇女的坚强与乐观,这些性格特点在情节的发展中逐渐展现出来,使人物更加立体和真实。

为了让人物更加鲜活,我还为他们设计了一些细节动作和语言习惯。比如老板娘在生气时会叉腰,其赌徒丈夫说话时的急躁语气,拾荒妇女小心翼翼的动作等。这些细节不仅丰富了人物形象,还为演员的表演提供了更多的发挥空间。

该小品的情节跌宕起伏,从一开始的冲突到最后的和解,让观众的情绪也随之波动。这种情节的变化不仅增加了小品的观赏性,还使故事更加富有戏剧性。小品《沙县小事》蕴含着深刻的道理。它告诉人们在生活中要学会理解和包容他人,即使身处困境也要保持乐观积极的心态。老板娘和拾荒妇女的故事就是一个很好的例子,她们虽然来自不同的社会阶层,但在彼此的帮助下都找到了生活的希望。

在教学方面,运用了阅读分析、角色演绎、排练指导、演出评价等方法。

第一,阅读分析,理解剧本。在教学过程中,首先让学生认真阅读剧本,了解故事的情节、人物和主题。然后组织学生进行讨论,分析每个角色的性格特点、行为动机和情感变化。通过这种方式,让学生深入理解剧本的内涵,为表演打下坚实的基础。例如,可以让学生思考以下问题:为什么老板娘一开始不同意拾荒妇女进店?老板娘的态度是何时转变的?赌徒丈夫的行为对老板娘有什么影响?拾荒妇女的故事给老板娘带来了哪些启示?通过对这些问题的讨论,学生可以更好地理解人物的内心世界和故事的发展脉络。

第二,角色演绎,体验情感。为了让学生更好地把握角色,组织学生进行角色演绎。每个学生选择一个角色,通过模仿角色的语言、动作和表情,体验角色的情感和心理变化。在演绎过程中,教师可以给予指导和反馈,帮助学生提高表演水平。例如,对于老板娘这个角色,可以让学生体会她在面对赌徒丈夫时的无奈和愤怒,以及在听到拾荒妇女故事后的同情和感动。对于拾荒妇女这个角色,可以让学生感受她的坚强和乐观,以及对孩子的深深爱意。通过角色演绎,学生可以更加深入地理解角色,从而更好地表现出角色的性格特点和情感变化。

第三,排练指导,提高表演水平。在学生熟悉剧本和角色后,组织他们进行排练。排练过程中,教师要给予学生详细的指导,包括表演技巧、舞台走位、语言表达等方面。同时,要鼓励学生发挥自己的创造力,对剧本进行适当的改编和创新,使表演更加生动有趣。比如,在表演老板娘和丈夫争吵的场景时,可以让学生通过夸张的动作和表情来表现出他们的愤怒和激动。在表演拾荒妇女劝解老板娘的场景时,可以让学生用温柔的语气和真诚的表情来传达出她的善良和乐观。不断地排练和改进,可以提高学生的表演水平,使小品更加精彩。

第四,演出评价,总结反思。当学生完成排练后,组织他们进行正式演出。演出结束后,组织学生进行评价和总结反思。让学生互相评价表演的优点和不足,提出改进的建议。同时,教师也要对学生的表演进行评价,肯定他们的努力和进步,指出存在的问题和不足之处。

通过演出评价和总结反思,学生能够了解自己的表演水平和存在的问题,为今后的学习和表演提供经验;并在评价和反思中提高自己的审美能力和分析能力,培养团队合作精神和创新意识。

警戒线

那　刚

人物　警察、妻子、丈夫

时间　某天傍晚

地点　某高层住宅楼下

【开场,现场拉好了警戒线,警察维护群众秩序,妻子挤出人群上场。

【音效:嘈杂的人群声。

妻子　豆豆,妈在这儿。

警察　您是?

妻子　同志,我是孩子他妈,上面情况怎么样? 我要上去。

警察　您不要激动,现在现场情况比较稳定,您的孩子暂时没有生命危险,我们已经派谈判专家上去了,请您冷静!

妻子　这样啊,谢谢你同志,我们就这一个孩子,你们一定要帮忙呀!

警察　我们会尽快解救您的孩子!

【丈夫喝醉,打着电话上场,跨进警戒线,被警察拦出去。

警察　对不起,请您退到警戒线以外。

妻子　你怎么才来啊,又喝酒了?

【丈夫无视警察要强闯警戒线,又被拦下。

警察　请您退到警戒带以外,否则将依法强制带离!

丈夫　这是我家,我凭什么不能上去?

妻子　同志,不好意思! 这是孩子他爸,他喝多了。

警察　请配合我们的工作,带他到边上醒醒酒,有新的情况会及时通知你们。

【妻子把丈夫拉到边上。

妻子　孩子被绑了你还这副德行！

丈夫　(恍然大悟)豆豆……

【妻子阻止丈夫进去,妻子、丈夫开始吵架。

丈夫　我让你今天在家带孩子,你跑哪儿去了？

妻子　我不就出去了一会儿。

丈夫　你……你是不是又出去做美容了？

妻子　是……

丈夫　你都四十岁的人了,美容给谁看啊？

妻子　四十岁怎么了？我年纪大了才要去做美容。

丈夫　一把年纪了美什么容,你有没有尽到一个当妈的责任？

妻子　你有什么资格说我？你尽到一个当父亲的责任了吗？你一个礼拜能陪豆豆几天？

丈夫　做女人累,做男人更累！我每天在外面"抛头颅,洒热血"不就为了这个家！

妻子　你……

警察　请两位冷静点,不要在这里争吵。

妻子、丈夫　你别烦！

丈夫　都是因为你们工作不负责,我孩子才会被绑！

警察　理解您的心情,谈判专家已经在上面调解了,我们会尽快把您的孩子解救出来。

丈夫　什么谈判专家,都是电影里演演的,还不如我上去谈！

【画外音:"妈妈,救我啊,妈妈！"

妻子　同志,快想办法啊同志,你倒是问问他们要什么？

【警察询问情况。

警察　绑匪提出要赎金！

妻子　多少钱我们都给！

警察　六万四千五百元,这个数字有点蹊跷。

妻子、丈夫　是啊,怎么有零有整的？

警察　请两位回忆一下,或许能为我们提供更多的线索。两位是否有类似金额的债务尚未还清?

【妻子看向丈夫,丈夫不说话。

警察　刚刚了解到的情况,怀疑您拖欠了民工工资。

丈夫　我……这钱我还,你们就别插手了,行吗?

【画外音:"老赖,你给不给钱? 不给,你闺女就和这花瓶一样!"

【音效:玻璃破碎声。

丈夫　我跟你拼了!

警察　同志,请您保持冷静! 我们会掩护你上去交赎金,你尽量拖延时间,听我们指示,配合我们行动,有情况先保证自身的安全。

丈夫　这个……你们真会保护我?

妻子　你是不是怕了? 你怕就换我去!

丈夫　我……我怕什么? 这是男人的事,你别多事!

妻子　同志,还是让我上去吧!

丈夫　对对对……我想过了,男人的脾气一上来,可能会和他们扭打起来,到时候会出乱子的! 还是让我老婆上去吧,行吗?

【画外音:"老赖,给你三分钟,你快给我上来!"

警察　没办法,只能你去。

丈夫　同志,再给我一分钟!

【音乐。

丈夫　老婆……

妻子　十年了,你都是叫我"孩子他妈"。

丈夫　我怕我这一上去,就再也下不来了!

妻子　老公……你怎么搞得像生离死别似的。

丈夫　这些年我都没好好对你,我离过婚,还带个孩子,和你在一起就是为了我们李家传宗接代。

妻子　其实我都知道……

丈夫　我对你只有亏欠,但是我想说的是,你是我这辈子最爱的女人!

【丈夫走,妻子从身后抱住丈夫,警察打断他们。

丈夫　老婆……在我枕头下面的第二层拉链里,还有一张十万元的存折,我走了以后你一定要把豆豆养大成人!

妻子　老公……(泪水横流)

警察　(对讲机响)有情况……孩子被我们成功解救出来了!

妻子、丈夫　真的?

警察　真的!

妻子、丈夫　谢谢你啊,同志!回头给你们送一面锦旗!

【妻子、丈夫相拥在一起……

妻子　你刚跟我说的都是真的?

丈夫　我说什么了?

妻子　问你自己!

丈夫　我喝醉了,胡说的,我喝醉了……闺女,爸爸来了……

【收光。

——幕落

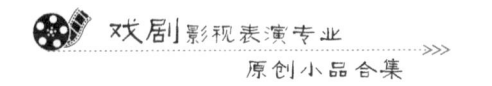

《警戒线》创作心得与教学方法

在高层住宅楼下拉起的警戒线，宛如一道神秘的屏障，瞬间将观众带入一个充满紧张与未知的世界。一对夫妻火急火燎地相继赶来，却被警察拦在警戒线外。他们的孩子被绑匪劫持，这一突发状况恰似一枚炸弹，惊起层层波澜。当绑匪提出六万四千五百元赎金的要求时，所有人都感到诧异，也为故事的发展埋下了充满悬念的伏笔。

夫妻间旋即展开的互相指责，如一场激烈的暴风雨，言辞如利剑般交错，情绪似火焰般燃烧。这一幕生动地映照出现实中诸多家庭的日常状态。在这个快节奏的现代社会中，人们常常如同忙碌的陀螺一般，被自己的事业、社交等事务所缠绕，以至于无暇顾及家庭。夫妻双方各自沉浸在自己的小世界里，缺乏有效的沟通和深刻的理解。这种状态恰似一枚隐形的定时炸弹，一旦遭遇危机，便会轰然爆炸。

该作品中，丈夫拖欠民工工资一事即是导火索，引发了这场惊心动魄的危机。在现实世界中，拖欠工资不仅是一个经济方面的问题，它还涉及道德与社会责任等。拖欠民工工资可能会让工人的生活陷入困境，甚至引发社会不稳定因素。而在这部小品中，这一问题直接催生了一起绑架事件，将夫妻二人推向了命运的悬崖边缘。

当绑匪要求丈夫送钱过去时，丈夫陷入了一种难以言喻的矛盾困境。一方面，他对危险充满恐惧；另一方面，他深知那是自己的亲生骨肉，绝不能袖手旁观。丈夫内心纠结、矛盾，展现了人的多面性。在临行前，丈夫向妻子倾诉这十年来对她的忽视，空气凝重得让人窒息。他们的对话中饱含着悔恨与深情，恰似一场生离死别，令人动容。夫妻在这一瞬间的情感转变，如同一道温暖的曙光，照亮了他们内心深处的柔软角落。

然而，就在这紧张万分的时刻，剧情出现了转折——警察告知他们孩子已经被成功解救出来了。这本应是一个皆大欢喜的结局，可令人意外的是，夫妻之间又迅速回到了往日的互相指责和争吵之中。这一巧妙的情节设置，绝非简单的重复,而是深刻揭示了人性的顽固弱点以及家庭问题的根深蒂固。即使经历了如此重大的危机,人们也容易再陷入旧有的行为模式,难以实现真正的改变。

小品《警戒线》展现了家庭矛盾与社会问题,直击人伦亲情和复杂的人性。一方面,夫妻间的冲突和危机充满了戏剧性的夸张,让人深刻感受到家庭关系的脆弱与无奈;另一方面,拖欠民工工资等社会问题,以一种看似荒诞却又无比真实的方式影响着家庭生活,凸显了现实的残酷与复杂。

这部小品具有多重价值。首先,它揭示了家庭关系中的种种问题,引导观众反思自己的家庭生活,重视夫妻之间的沟通、理解和责任,从而为家庭的稳定、和谐注入积极的力量;其次,这部小品提醒我们关注社会的公平与正义,认清政府和社会在保护劳动者权益、减少社会矛盾方面肩负的重要责任;最后,小品中鲜明生动且具有代表性的人物形象,反映了人性的复杂多面,为我们研究人类行为动机和社会现象提供了丰富的素材。

在教学方法上,案例分析可以引导学生深入探讨家庭关系、社会责任以及艺术表现手法等问题,培养学生的批判性思维以及分析问题的能力;角色扮演能让学生亲身体验人物的情感起伏和心理变化,增强他们的同理心,提升他们人际交往能力;主题讨论和写作拓展可以进一步激发学生的创造力和表达能力,让他们对小品的主题有更深入的理解和感悟。

小品《警戒线》以其深刻的主题、精彩的情节、生动的人物形象和独特的艺术风格,为我们打开了一扇新的观察家庭与社会的窗户。它既是引人入胜的艺术作品,也是富有启发性的教材,值得我们反复品味和深入研究。

以爱导航

那 刚 吴 允 徐 庆

人物　大庆——男,二十六岁,公司职员
　　　小允——女,二十五岁,鼓手
时间　早晨
地点　出租房

【大庆在房间内梳头哼歌,小允端着早餐进门。
小允　吃早餐了。
大庆　哎,好嘞,老婆,你为什么黑眼圈这么浓啊?
小允　昨天打雷了。
大庆　哪有打雷?
小允　我们家!打雷了!
大庆　我……又打呼噜了?
小允　你昨天晚上干吗去了?一身酒味回来,打了一个晚上的呼噜,你看我的黑眼圈。
大庆　我和老板应酬去了。
小允　你道歉。
大庆　对不起!
小允　三遍!
大庆　对不起,对不起,对不起……
小允　吃饭!
大庆　好!

小允　老公啊,我有事情要跟你说。

大庆　哎,我正好也有事情跟你说!是这样的……

小允　我先说!

大庆　我先说!

小允　我先说!

大庆　我先说嘛……

小允　好吧,你先说。

大庆　老婆,你看我平时也不喝酒、不抽烟,昨天我出去喝酒啊是有原因的!我们老板说,我最近工作表现不错,决定给我升职加薪!

小允　真的啊!太好了!加多少钱?

大庆　老婆我说你能不能不要这么世俗?

小允　哎,我怎么世俗啦?我这叫持家有道。说真的,加了多少钱?

大庆　额……三千……

小允　三千?说实话!

大庆　四千……

小允　你一说谎就挠大腿。

大庆　哎呀,好了好了,六千!

小允　无所谓!反正你的工资卡在我这儿。

大庆　哎,老婆,你刚说,有什么事情要跟我说来着?

小允　知道今天是什么日子吗?

大庆　什么日子?

小允　今天是乐团正式录取我的日子,我要去乐团打鼓啦!

大庆　真的啊?好棒哦!

【大庆抱起小允,转了一圈。

大庆　对了,老板还说要调我去嘉兴当区域总经理。

小允　好哎,等下!去嘉兴做什么?

大庆　老板说,要调我去那儿当区域总经理,多好的机会啊,哈哈!

小允　那我怎么办?

大庆　人家都说嫁鸡随鸡,嫁狗随狗喽!

小允　开什么玩笑,我在这儿可是有工作的人,怎么可能跟你一起去。

大庆　一起去嘛……

小允　不去!

大庆　真的不去?

小允　不去!

大庆　那我一个人去了啊!

【大庆转身去穿西装,小允跟上。

小允　哎呀,老公,你看,你在这边又不是没有工作,我这不是刚进单位嘛。而且你知道的,这是我很喜欢的工作,是我的梦想!你要是硬要我跟你去嘉兴的话,人家真的会很难过的啦!

大庆　可是你也知道,这次老板给我的机会是很难得的呀!

小允　你不听我的是吧?那算了!

【小允拿起鞋架上的鞋子开始穿鞋。

大庆　老婆!你看,我们要是去了嘉兴,离你父母不就更近了吗?况且,你父母看到我这么好的一个女婿,他们不是也很开心嘛!

【大庆站在凳子上。

小允　你站那么高干吗?下来!

大庆　(无趣地)哦。

小允　我好不容易从嘉兴出来奋斗,考进乐团,你现在要我回去。你知道我的,我想在这里努力当一个一流的鼓手,而不是回去当父母身边的小鸟。

大庆　小鸟怎么了?小鸟也可以飞啊……(漫不经心地)

小允　你说什么呢,你懂什么呀,在这个社会上,只有大雁才有资格飞,小鸟能干吗?

大庆　可是这是很难得的机会!

小允　你怎么能那么自私呢,为了你的机会放弃我的梦想!

大庆　你就不自私吗?为了你的梦想放弃我的机会!

小允　你不让步的意思是要分居吗?

大庆　我要是想分居,当初就不跟你订婚了!

小允　那你也不能让我就这样放弃我的梦想啊!

大庆　(暴躁地)梦想!梦想!又是梦想!你还不是花着我的钱在追你的梦想!

小允　你什么意思?你很委屈?你很委屈你别付出啊,你去嘉兴嘛,愿意为我付出的男人多了去了!

大庆　是!那你怎么不跟他们走啊?我还省事了。有钱、有房、有车的男人是很多,你跟他们去嘛!当初干吗选择我这个穷小子?委屈你了!

小允　是!我是很委屈!

【小允扔掉包,坐在床头,大庆坐在桌边,两个人沉默。突然,小允的手机响了,她看了看,挂断。过了一会儿,大庆的手机也响了,他接起电话。

【画外音:"大庆啊。"

大庆　哎!阿姨!

【画外音:"还叫阿姨呢!"

大庆　妈!

【画外音:"我们家允允怎么不接电话呀?"

【大庆回头看小允,小允也望了一眼大庆。

大庆　哦,她呀,上班去了吧,可能不能接电话!

【画外音:"哦,好的,我们家允允年纪小,平时不懂事你让着她点啊。下个礼拜有空的话,一起回家吃个饭吧?"

大庆　好的,妈。再见!(挂掉电话)

【小允看大庆不准备与自己说话的样子,便拿起包准备出门。

小允　我走了。

大庆　回嘉兴吧!

小允　我都说了我不会跟你回去的!

大庆　你妈让我们回嘉兴,看她!嘉兴的工作,我不去了!

小允　真的?

大庆　嗯！

小允　那你岂不是很委屈……而且你这样做,牺牲太大了。

大庆　跟和你在一起相比,这些牺牲算得了什么呢？其实,我只是想跟你一起过上好日子,不想你这么委屈,住在这么小的房子里。只想你过得开心、幸福,不要生气了噢！

小允　其实你说得也对,嫁鸡随鸡,嫁狗随狗嘛。跟着你这条狗……

大庆　哎,你说谁是狗呢？

小允　嘿嘿！

大庆　讨厌！以后不许这样了噢！

小允　嗯。

【小允甜蜜地扑入大庆的怀里。

小允　老公！

大庆　哎！

小允　老公！

大庆　哎！

小允　你好像要迟到了！

大庆　是吗？我看看噢！（抬起右手）啊！我的包呢？

【俩人慌乱。

小允　在这里！还有你的领结！

【收光。

——幕落

爱情与梦想的交响曲
——《以爱导航》创作心得与教学方法

在现代社会，年轻情侣如何在追逐个人梦想与维护情感关系间找到平衡，是一个复杂且普遍存在的问题。《以爱导航》这部原创艺术小品便是围绕这一主题展开的，旨在探讨理想与现实、自由与责任之间的微妙平衡。通过剧中人物的故事，我们得以一窥现代年轻人在追求梦想的道路上所面临的挑战和抉择，并反思自己在爱情中有没有做到相互理解、及时沟通以及必要的妥协。

女孩的鼓棒敲击着追梦的节奏，男孩的办公桌承载着现实的生活压力。他们的相遇，不仅有性格的碰撞，还有自由与责任的较量。在轻喜剧的包装下，矛盾和冲突最终引向了双方的理解和妥协，传递出一种深刻的信息：真爱不仅需要坚持，更需要沟通和适度牺牲。放弃有时并不意味着全盘失去，适当的让步反而可能成就一段更加成熟、稳固的伴侣关系。

在教学过程中，我们将采用多元化的方法来引导学生深入理解这一主题。首先，案例分析让学生置身于这对年轻情侣的故事之中，分析和讨论他们所面临的挑战与选择。接着，通过角色扮演活动，学生将亲身体验不同角色的情感冲突和决策过程，这不仅能增强同理心，还能提升表演技巧。

小组讨论进一步促进学生交流思想，共同探讨个人理想与恋爱关系间的平衡问题。教师引导的反思环节则通过提问促使学生深入思考，比如探讨在爱情中谁的牺牲更大以及他们会做出怎样的选择。创作练习鼓励学生基于个人经验或观察创作情景剧，锻炼创作能力并表达对爱情与梦想的个人理解。

教师运用跨学科整合的方法结合心理学、社会学等视角，帮助学生全面理解人际关系中的沟通、冲突解决和情感交换。这样的综合教学不仅使学生在轻松的氛围中获得知识，还能让他们学会将这些知识应用于日常生活中，处理个人与社会、自我与他人之间的关系。

《以爱导航》讲述的是一个关于爱情和梦想追求的故事，围绕该作品的教学是一次关于生活哲学和人际智慧的教学实践。通过这个故事，我们既能够

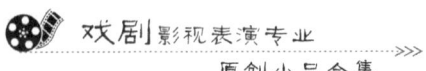

感受到个体追梦时的热情与坚持,也能认识到在爱情中为对方着想的重要性。在梦想的旋律与爱情的和声中,每个人都将找到自己的节奏,编织出一曲属于自己的生命交响曲。

人生若只如初见

那　刚　谢佳娴

人物　胡越、盛伟、摄影师、助理
时间　某日下午
地点　小山顶

【环境音：鸟鸣声夹杂着树叶被风吹动的声音。

【后起灯光。

摄影师　（喘息声）什么鬼地方……

【摄影师看到有长椅便坐了下来，助理紧随其上，关注到摄影师的疲惫。

助　理　赶紧喝点水。

【助理给摄影师擦汗，接着给自己擦。

摄影师　好累啊。

【助理连忙跑到摄影师身后给她捏起肩，此时的摄影师正享受着按摩，突然摄影师想起什么。

摄影师　欸！我们现在可是工作关系，要是被顾客看到了，得说我们不专业了。

【助理赶忙赔笑。

助　理　放心吧！今天我这个小助理一定尽职尽责！

【摄影师一听很开心。

摄影师　哈哈哈！那就辛苦我们的小助理帮忙放一下道具啦！

【助理离开摆放道具，这时摄影师继续关注起环境，不由得起身到处看看，这一回头看，便看到对摄影一窍不通的助理拔不出相机支架在乱弄，摄影师心下一慌,急忙阻止并温柔地教助理怎样打开。

摄影师　喏,是这样……对了,早上给你热的牛奶喝了吗?

助　理　哦,嗯……喝了。

【摄影师突然又想到什么。

摄影师　欸! 我们今天拍的可是离婚,别搞错了! 这离婚的情绪和结婚的情绪可是两码事。

助　理　什么情绪啊?

摄影师　你看啊,这结婚是快乐、开心的,那离婚不就是……

助　理　悲伤!

摄影师　是,也不是。你看啊,有些人他离婚是解脱是释然,也是开心的,我觉得挺复杂的,所以我们……

摄影师、助理　见机行事!

【胡越慢慢走来,摄影师看到她。

摄影师　呃,您是……胡女士吗?

胡　越　嗯,对。

摄影师　噢! 您好,您好! 我是您的摄影师,(递名片)喵喵传媒的!

助　理　(拿着瓶装水)您好! 我是她的助理。

【盛伟姗姗来迟,摄影师迟疑的走过去。

摄影师　您好! 您是盛先生吗?

盛　伟　(不耐烦)嗯。

摄影师　您好! 幸会幸会! 这是我的名片,哦,这是我的助理。

助　理　你好,你好!

胡　越　哟! 今天穿成这样? 不知道的还以为你是结婚的呢。

【摄影师和助理见状不对走到上场口前区。

盛　伟　我下午有个发布会……我用得着跟你解释这些吗?

盛　伟　拍照就拍照,非得找个山顶。

胡　越　也不知道是谁,当初在这里和我表白的?

盛　伟　谁和你表白了? 不是你和我说的吗?

胡　越　也不知道是谁拿着一封情书在这里说"我喜欢你一辈子"，你这一辈子挺短啊？

盛　伟　行了，差不多得了你。

摄影师　哎哎哎！和气生财，和气生财！我看时间也不早了，二位请先坐，我给你们介绍一下拍摄流程：这第一步叫"故地重游"；第二步是"一刀两断"；第三步呢就是"归还承诺"；第四步是带着你们去民政局领你俩的离婚证，然后再加上我那十六比四的大广角……

盛　伟　差不多行了。

摄影师　哦！好的，好的，那我们赶紧开始！咳咳……这俗话说得好，要始终相信所走之路，所遇之人，所留之遗憾……

小助理　都是应该经历的。

摄影师　哦！对了，胡女士、盛先生，我们这第一步那叫一个意义非凡啊，胡女士，您不是说这地方是你们第一次约会的地方嘛！所以，我想让您用当下的心情来描述一下当时的场景，二位……

盛　伟　拍她就行，我不拍。

胡　越　人家都说了拍的是我们俩！没事，你拍我就行。

摄影师　噢，好好好！那我跟着您走，走！

胡　越　这儿就是当时我们第一次约会的地方，那儿就是他跪着跟我表白的地儿。

盛　伟　谁跪着和你表白的啊？

胡　越　一大早拉着我来看日出，说什么一起看过日出就能在一起一辈子。有什么可看的？

盛　伟　是啊，有什么可看的？我那是想拉你下楼吃夜宵。

胡　越　你家夜宵五点二十一分吃啊？

盛　伟　我乐意！管得着吗你？

胡　越　还有啊，他当时连束像样的花都没有，就从那草堆里随便拿了几根草就跟我表白了。怪不得我们的爱情那么草率！

盛　伟　凌晨五六点你让我上哪儿给你弄花去？再说那个花圈，你不也蛮喜欢的吗？花……花环。

摄影师　花圈？盛先生您可真懂浪漫，那这段剪进去吗？

胡　越　剪进去！

盛　伟　剪出去！

胡　越　剪进去！

盛　伟　剪出去！

摄影师　唉！没事没事，我自有考量，我先看一下成品。其实，我觉得挺好的，挺有喜剧效果的，那咱们直接下一段？

盛　伟　这么拍能好看吗？你会不会打光啊？反光板都怼人脸上了，还有你，哪个学校毕业的？谁教的你啊？

摄影师　我……我是自学的。

盛　伟　喏！我就说这市场，鱼龙混杂，鱼目混珠，什么人都能当导演。

摄影师　不是，大哥你这打击面有点太广了啊，我虽然是自学成才，但我已经拍了两三年了！

盛　伟　你拍过？

摄影师　嗯！我之前是干婚庆的。

盛　伟　那你怎么转行了？

摄影师　这不是太卷了吗？主要也是市场需求。你说也是奇了怪了，这离婚率比结婚率还高，所以我们就改了行，换个赛道。哎呀，不说了，我们继续拍摄吧！

盛　伟　你站那儿，站那儿！叫你站那儿你就站那儿！

摄影师　噢……

盛　伟　（对助理）你这打光不能这么打，她是个活人，不是死的，你那光得跟着她，她动你就得动。（对摄影师）人本来就是大饼脸，你还怼那么近，给人拍成这样。你要多拍她的侧面，不要光拍她的正面。

摄影师　我懂嗒！来，走！

胡　越　这是我们第一次约会的地方，当时他还一定要卡点，非得在五点二十一分跟我表白，那会儿没有花店开门，他从草堆里摘了几朵小花儿，虽然没有外面卖的那么精致，但其实，我还挺喜欢的。

摄影师 咔！其实不用看就知道很好看，我还是先看看，我就说嘛，这遍太完美了！来，直接下一步。这第二步"一刀两断"就是剪喜字。俗话说得好啊，一刀两断，各生欢喜，对错不由心，山水又一程。

助　理 人各有命！

【助理把剪刀、喜字递过去。

摄影师 那我数三、二、一，你们就沿着这条线剪过去！来，三、二、一走！

【二人配合着剪完。

摄影师 唉，好，我看看。呃……两位，你们剪得有点歪了。啊，没事！我们还有，来，再来一次啊！三、二、一走！

盛　伟 咔！你觉得这种情绪坐着拍合适吗？

摄影师 哦，您想站着拍啊！哦哦，好的好的，哈哈，那依旧是三、二、一走！唉，好，我看看哈，嗯！这遍非常完美，下一步！这第三步叫"归还承诺"。所谓"归还承诺"就是归还戒指，有位智者说过，失去比拥有更踏实，沉默是一场体面的退出。

助　理 也是一场理性的逃避。

【助理把小桌和红布放好，摆戒指盒时摆反了，摄影师发现后摆正。

摄影师 那准备！三、二、一走！好，我看一下。嗯……两位啊，我想要的呢是那种潇洒一点的情绪，就是夹杂着离婚的复杂情绪和洒脱感，要的是那种冲击感，你们明白吗？好，我们再来一次，准备走！

【夫妻二人心中已不愿摘下戒指，而这时助理因胃痛蹲了下来，摄影师注意到灯光不对，一看发现助理正难受着，慌忙跑到助理身旁。

摄影师 怎么了？

夫妻俩 快扶他坐到椅子上吧。

摄影师 好，是不是又胃疼了？

【胡越一听，急忙从包里拿出胃药。

胡　越 哦，我这有胃药！

摄影师 哦，谢谢啊！（犹豫再三）那个胡女士、盛先生，就是……他有常用的药还有热水,但都在车里,我能……

胡　越　哦,你快去吧!

盛　伟　小心点啊!

摄影师　抱歉啊,可能耽误你们十来分钟!

【摄影师担心地扶着助理下,夫妻俩坐下。

【音乐。

摄影师　吃完药好点没?我今早不是给你热了牛奶吗,怎么没喝呀?

助　理　我这不是怕耽误你工作嘛。

摄影师　工作哪有你的身体重要啊?

助　理　哎呀,我知道了。

摄影师　来,这个,这个,还有这个都吃了!

助　理　吃了你做的东西,感觉胃都舒服了。

摄影师　就你嘴甜,好点没?

【摄影师、助理声音渐弱。

胡　越　哎,现在这些年轻人,是一点都不爱惜自己的身体。

盛　伟　干我们这行的职业病,十个有九个都是这毛病。

胡　越　那剩下的一个,也是因为有人照顾得好。

盛　伟　照顾得是挺好,就是那汤煲得太难喝了。

胡　越　那我看你也没少喝。

盛　伟　你以为我办公室那一罐盐给谁准备的,给汤准备的。

胡　越　那你以前怎么不说?

盛　伟　我不是怕打击你吗?

【夫妻俩对视,尴尬,盛伟抽烟,胡越喝水。

盛　伟　你怎么还带着胃药啊?

胡　越　点外卖凑单凑的。

【胡越的内心独白:还不是给你准备的,要不是怕你胃痛!

【盛伟的内心独白:不就是给我准备的嘛,还嘴硬。

盛　伟　怎么就想来拍这个了?

胡　越　（冷笑）祭奠一下，我喂了狗的青春！

【胡越的内心独白：怎么想的？唉，我说你一个大男人就不能主动点吗？死鸭子嘴硬！

胡　越　你这么不愿意，不也屁颠屁颠地来拍了。

盛　伟　我要不是看某人太想拍，我才不来呢。

【盛伟的内心独白：还不是为了挽回我那快死去的爱情。

【音乐渐弱，风声起。

【胡越打喷嚏，盛伟给胡越披衣服。

盛　伟　知道天冷还穿这么少。

【胡越心里暗自开心，摄影师上。

摄影师　不好意思啊！来晚了，我们赶紧继续吧。

盛　伟　呃……今天就不拍了。

摄影师　盛先生您说笑呢，我都拍到这了怎么能不拍了？

盛　伟　现在这儿没光怎么拍啊？

摄影师　噢，如果您不介意的话，我可以后期修。

盛　伟　这后期补光怎么能和自然光比啊？

摄影师　那……可是我明天也没时间拍呀！

盛　伟　那就下周。

摄影师　我下周档期满的。

盛　伟　那就下下周。

摄影师　可是我下下周档期也是满的呀！

盛　伟　那就下个月。

【下场，胡越欣慰地看着盛伟的背影，目的达成。

摄影师　胡女士，这……

胡　越　哦，今天就这样吧，不拍了。

【胡越准备走，摄影师赶忙拉着胡越小声说。

摄影师　可是这定金都收了。

胡　越　定金就不用退了，我觉得，你们拍得挺好的。

【胡越跑下，留下摄影师一脸茫然。这时，助理上，看到顾客离去的背影，自责。

助　理　对不起，是不是因为我，让你的顾客生气了？

【这句话点醒了摄影师。

【音乐。

摄影师　（笑着）傻瓜，他们应该感谢你才对！

助　理　啊？

【摄影师回头走到助理身边，挽着他的手，靠在他的肩头。

【收光。

——幕落

《人生若只如初见》剧照

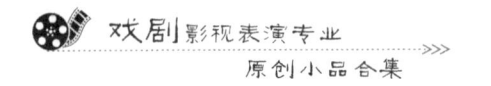

《人生若只如初见》创作心得与教学方法

"人生若只如初见",这一主题如同一面镜子,照亮了人们内心深处对纯真爱情的向往和对美好过往的怀念。

在当今社会,离婚率居高不下,婚姻中的矛盾与冲突屡见不鲜。这个小品通过一对即将离婚的夫妻的故事,深刻地反映了婚姻生活中的种种问题,引发观众对爱情、婚姻的思考。

它提醒我们,在漫长的婚姻旅程中,我们常常会因为琐事而忘记了最初的那份心动和承诺。当我们看到摄影师和助理这对年轻小夫妻相互关爱时,仿佛看到了曾经自己的那份年少柔情和纯真的爱情。这让我们反思,在婚姻中,我们是否应该多一些理解、包容和关爱,珍惜彼此,不忘初心。

摄影师是故事的重要参与者和见证者。她不仅有专业的摄影技能,还有一颗善良、温暖的心。她对助理的关爱,体现了人性中的美好情感。同时,她在面对准备离婚的夫妻的矛盾时,表现出的沉稳和理智,也为故事的发展起到了积极的推动作用。

助理的形象充满活力和朝气。他与摄影师之间的感情,为整个故事增添了一抹温情。助理胃痛这一意外事件,是故事的转折点,给了准备离婚的夫妻思考的时间。助理的纯真和善良,也让观众感受到了人性的美好。

准备离婚的夫妻是故事的核心人物。男方的不情愿和导演身份,展现了他在婚姻中的强势和自我。女方则在故事中经历了从坚持离婚到理解、释怀的转变,体现了女性在婚姻中的成长和反思。他们的形象让观众仿佛看到了自己身边的人,感同身受。

该小品的情节紧凑,充满戏剧性。从摄影师接活开始,就埋下了伏笔。拍摄过程中的矛盾、冲突,让观众感受到了准备离婚的夫妻之间的紧张关系。助理生病,将故事推向了高潮,也让准备离婚的夫妻有了重新审视自己婚姻的机会。最后,准备离婚的夫妻俩冰释前嫌,为故事画上了一个圆满的句号。

情节中的细节处理尤为重要。比如,摄影师和助理这对小夫妻的年少柔情,通过他们的对话和动作展现得淋漓尽致,让观众感受到了爱情的美好;准备离婚的夫妻的感慨,也让观众深刻感受到了他们内心的变化。这些细节的处理,使故事更加生动感人,富有感染力。

在语言表达方面,小品简洁明了,形象刻画生动。人物的对话既符合角色的性格特点,又富有生活气息。同时,语言中还运用了一些幽默的元素,让观众在感动之余,也能会心一笑。

在舞台布置方面,布景简洁而富有表现力。根据场景的变化,我们可以灵活调整舞台道具和背景,营造出不同的氛围。比如,在拍摄现场,设置一些摄影器材和道具,让观众感受到真实的拍摄氛围;准备离婚的夫妻在回忆过去的场景中,可以使用柔和的灯光和温馨的背景,营造出浪漫的氛围。

在表演形式方面,演员们通过细腻的表演,将人物的情感变化展现得淋漓尽致。他们的动作、表情、眼神等都非常到位,让观众能够深入地了解人物的内心世界。同时,小品还运用了一些音乐和音效,增强了故事的感染力。

在教学方面教师可以运用情境导入法、角色体验法、剧本创作法、艺术赏析法等方法。

一、情境导入法

通过播放一些与婚姻、爱情相关的视频或图片,引导学生进入主题,让学生分享自己对爱情、婚姻的看法和感受,激发学生的学习兴趣。可以设置一些问题,如"你认为什么是爱情?""婚姻中最重要的是什么?"等,让学生进行思考和讨论,为后续的学习做好铺垫。

二、角色体验法

让学生分组扮演小品中的不同角色,深入体验人物的情感和心理变化。在表演过程中,教师可以引导学生注意角色的语言、动作、表情等细节,帮助学生更好地理解角色。表演结束后,组织学生进行角色讨论,分享自己在表演过程中的感受和体会。让学生从不同的角度去理解人物,提高学生的分析和理解能力。

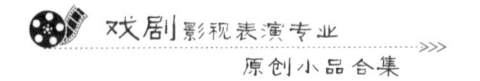

三、剧本创作法

组织学生进行剧本创作,学生可以根据自己的生活经历和感悟,创作一个与爱情、婚姻相关的小品剧本。在创作过程中,教师可以给予学生一些指导和建议,帮助学生提高剧本的质量。剧本创作完成后,让学生进行分组表演,展示自己的作品。通过这种方式,既可以提高学生的创作能力,又可以锻炼学生的表演能力。

四、艺术赏析法

引导学生欣赏一些优秀的艺术小品,分析其创作手法和表演技巧。让学生学习这些作品中的优点,提高自己的艺术鉴赏能力。可以组织学生进行艺术赏析讨论,让学生分享自己对作品的理解和感受。通过这种方式,既可以拓宽学生的艺术视野,又可以提高学生的表达能力。

这个小品不仅仅是一个简单的故事,还是对人性、爱情和婚姻的一次深刻探索。通过准备离婚的夫妻的视角,我们看到了婚姻中可能出现的问题,也看到了人们在面对矛盾时的挣扎与成长。同时,年轻小夫妻的关爱也让我们看到爱情的美好,提醒我们要珍惜身边的人,不忘初心。希望大家在生活中都能找到属于自己的幸福。

可乐？不可乐！

那　刚　张炎慈

人物　盛处长、张院长、董叔、陈老师、余老师
时间　某天下午
地点　校园

【神秘的音乐,灯光渐起,余老师上台,打开一听可乐,随着可乐开罐的声音,收光。

盛处长　（盯着屏幕）张院长,这个老师是您学院的吧？

张院长　是啊。（盯着屏幕）

盛处长　他平时表现怎么样？

张院长　挺阳光的一位老师。

盛处长　这个人的心理没什么问题吧？

张院长　盛处长,您这是什么意思啊？

盛处长　他明目张胆地从车里拿了一听可乐,边喝边走了。

张院长　不就是一听可乐嘛。

盛处长　问题是那是别人的车！我就想不通,他为什么光天化日之下到别人的车里,拿了一听可乐大摇大摆地走了？

【停顿片刻,盛处长思索着,来回踱步。

盛处长　张院长,现在可是咱们学校平安校园建设的关键时期,不能有任何的问题。这事要是传出去,那影响可就大了！一听可乐不算什么,问题是他是一名教师,而且又是发生在校园内。这种行为是违反师德、师风规范的,那是要一票否决的！

张院长　盛处长，你别着急。如果事实真的是这样的，我们绝不姑息！但是，我们也别着急下定论，或许里面另有隐情呢？

盛处长　这能有什么隐情？人家女老师过来报失，说车里丢了一听可乐。张院长，这老师平时看着就一副吊儿郎当的样子，我看他真像是能做出来这种事情的人。

张院长　盛处长，你别这样说。这样，今天下班前，我给你一个答复。

盛处长　哎，好的好的，麻烦您了。

张院长　没事。

【灯光收，转场学校的洗车点。

【知了声起。

董　叔　哎！那里不好停车的，把路都堵住了，往边上靠一靠。知道你要洗车，把车靠到边上，排队。

【陈老师打着工作电话上。

陈老师　董叔，我的车钥匙呢？

董　叔　哎，这里。

陈老师　（笑）好嘞。

董　叔　慢走，下次再来。

陈老师　董叔，再见！

董　叔　哎，慢慢来噢。

【陈老师上车，感觉很热，摘口罩，开空调，想喝可乐，发现车上的可乐不见了，一转念随即下车。

陈老师　董叔，我车上的可乐你放哪儿了呀？

董　叔　啊？什么可乐？我没见过唉。

陈老师　就是放在我车中控台那儿的那听可乐。

【董叔有点摸不着头脑。

陈老师　一听可口可乐！

董　叔　（走近车门张望）这我还真没印象了。

陈老师　呵呵，没事，董叔，就一听可乐而已，说不定你放哪儿忘掉了，也可能是您口渴……嗨,谁喝都是喝,没关系,没事的。

董　叔　哎哎哎,陈老师,我真没看到你车上的可乐。但是你不能这样子说我的,我洗了快十年车了,从没发生过这种事情。

陈老师　哈哈哈,哎哟,董叔,真没事。我先有事先走了。

董　叔　陈老师,这件事情是要搞清楚的!在我的洗车房,绝对不能发生这样的事。

陈老师　(不耐烦)董叔!

【沉默两秒,董叔愣住。

陈老师　(冷静下来,温和地)我真有事,一听可乐小事情,您让一下。

董　叔　(拦住车头)等等,等等,陈老师,今天这件事没弄清楚你不能走,我洗车房的名声向来是很好的。

陈老师　这跟你洗车房的名声有什么关系啊?可乐没了就没了,我压根没想过要追究的。

【董叔执拗地不让陈老师离开,两个人一时争执不下。陈老师急了开始鸣笛,盛处长上。

盛处长　哎哎哎,学校里可以鸣笛的?什么事好好说,同学们都看着呢。

董　叔　盛处长,还好你来了。不然今天这事我还真不知道怎么办了。

陈老师　什么怎么办?董叔,我都说了,没关系,没关系。

盛处长　这位老师你先冷静一下。董叔你也不要着急,怎么回事你先说清楚。

董　叔　陈老师下午在我这儿洗了个车,结果说我把她车上的可乐给喝了。我压根没见过这可乐。你说说,我要这可乐干吗?我又不是买不起一听小可乐。

陈老师　董叔,你说你拿了就拿了,说那么多干吗?

董　叔　(拦在车头)什么我说那么多干吗?我没干过就是没干过!陈老师,你不能血口喷人的!

盛处长　好啦,董叔,我们学校各处都有监控的,咱们现在一起去监控室看一眼就都知道了。

董　叔　好好好!盛处长,那麻烦你了。真的谢谢!(冷静地)陈老师,咱们一

　　　　　起去看看监控就知道了,好伐啦?

盛处长　对,陈老师,咱们一起去一趟。

陈老师　(苦笑)盛处长,我这儿真有事,我急着回去。

盛处长　很快的。陈老师,你看这没弄清楚大家都难受,就耽误你一会儿工夫,好吧?

陈老师　(咬咬牙)行,走。

【收光,神秘的音乐。余老师上场将开头的戏又演一遍,下场。

【陈老师一直在场上看着,拿着手机录像。

【发送视频,发语音。

陈老师　蔡蔡,你说在学校怎么还有这种人的呢?哎哟,我跟你说……(下场)

【铺天盖地的短信发送的音效,一传十,十传百。灯光减弱又渐起。

【余老师和张院长上场。

余老师　(笑着)张院长,好久不见!今天有什么指示啊?

张院长　余老师,最近工作怎么样?

余老师　挺好的啊!哎哟,这几个班的学生前段时间体测嘛,那几个难搞的全让我搞定了。张院长我跟你说,有时候光靠这个学校的规章制度是管不好的,要用不同的办法对付这帮小鬼。咱们这次体测,一定名列前茅。(得意地笑)

张院长　余老师,你要注意教师形象,不该说的别说。

余老师　(赶忙陪笑)哦,我知道的。

张院长　对了,上周……四下午,你在学校干吗?

余老师　上周四……(思考)下午,在上课啊。

张院长　上完课呢?

余老师　上完课回家呀。

张院长　(笑)余老师,你再好好想想呢?

余老师　(思考)哦,还去了停车场。

张院长　除了停车场呢?

余老师　(笑着)哎哟,我总不能上厕所也跟你说吧。哦,对了,我还去洗车了,咋啦？

张院长　洗车。那么你再想想，有没有在洗车房做什么？比如说，除了坐自己的车，还有没有碰过别人的车？

余老师　我碰别人的车干吗？我自己有车的呀。

张院长　有个老师说你把人家车上的可乐给拿了，监控里看得清清楚楚。所以我这才来找你，我希望你还是把这件事给说清楚。

余老师　（恍然大悟）哎哟，可那是我的可乐啊！

张院长　什么？

【张院长、余老师下场。

【灯光渐暗再渐明，知了声起。董叔上车启动车子，他找不到特斯拉的档位。

【余老师拿着一听可乐和一个球拍上场，走到自己的车旁。

董　叔　哎哎哎，余老师。

余老师　董叔，咋啦？

董　叔　余老师，这车子你能帮我倒一下吗？

余老师　哎哟，董叔，我这急着下班接我老婆去呢。

董　叔　就帮忙倒一下，我年龄大了实在开不来这车。

余老师　（为难地）董叔，这车我也没开过。

董　叔　你们年轻人总比我弄得清，你就帮我倒一下吧。

余老师　行吧。

【余老师上车捣鼓了一会儿，一时间也找不到档位在哪里。车里太热了，顺手摘下帽子放在了副驾上。

余老师　（打电话）老李啊，你那车是特斯拉，对吧？这个档位是在哪里弄的啊？哦，哦，行。Thank you!

余老师　董叔，这特斯拉啊，老款的档位是在雨刮器那儿，新款么是在这个中控屏幕上的，喏，在这。

【倒车音效。

董　叔　哦，谢谢余老师，真的麻烦你了！没有你我都不知道怎么办了。

余老师　没事，小 case。

【余老师回到自己车上,发现帽子没拿,回去拿帽子,当他拿起了帽子要离开的时候,发现了中控台上的那听可乐,误以为是自己的,顺手拿走了。

【余老师打开可乐的瞬间,时间仿佛静止了。

【音乐起,谣言蜚语起。

【几个戴着面具的人在余老师身上贴满了标签,随着音乐不断地增强,各种网络谣言声音越来越响。由一开始的冷嘲热讽逐渐升级为指责谩骂。

【余老师看着那些抨击自己的人,缓缓走到车前,颓然无力地瘫坐在地上,收光。

【声音效果逐渐隐去。灯光渐起,张院长、陈老师、董叔、盛处长围着余老师。

张院长　（迟疑了半晌,缓缓地）看来这事真是错怪余老师了。

盛处长　这没头没尾的视频到底是怎么流传出去的?

陈老师　（惭愧）这事怪我,我当时气不过。就把视频拍了下来发给我同事看了。没想到,她居然发到网上去了……余老师,真是不好意思啊! 没想到给你带来那么大的麻烦。

张院长　网络不是非法之地,我们更不能断章取义。

董　叔　这事……怪我。要不是我老糊涂不会弄那个车子,请余老师帮忙,也就不会发生那么多误会。

陈老师　要怪就怪我,是我不好,真的对不起!

董　叔　怪我,怪我。真的不好意思,余老师,给你添麻烦了!

盛处长　怪我,当时没看完这段完整的监控。

张院长　怪我,不应该没有证据就怀疑余老师。

余老师　（站起来,平静地）事情……弄清楚就好。

【音乐。

【余老师缓缓起身,人仿佛一下子苍老了很多。众人发现了地下遗留的球拍。

张院长　哎,余老师,你的球拍……

【余老师停下了脚步,但没有回头。低着头慢慢地走了,剩下四人面面相觑。

【耐人寻味的音乐。

——幕落

《可乐？不可乐！》剧照

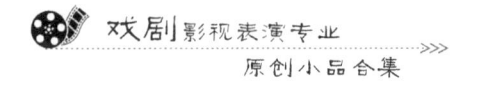

《可乐？不可乐！》创作心得与教学方法

小品《可乐？不可乐！》的创作灵感，源于现实生活中常见的误会现象以及网络舆论的强大影响力。在当今社会，信息传播迅速，人们往往容易根据片面的信息做出判断，从而引发不必要的争议和误解。通过该小品，希望能够引起观众对于真相的追求和对网络舆论的理性思考。

小品《可乐？不可乐！》的主题是"真相与舆论"。通过青年教师余老师的经历，展现了在不明真相的情况下，舆论的盲目性和破坏性。同时，也强调了在面对争议时，追求真相的重要性。网络不是不法之地，我们应该保持理性，不可断章取义，以免给他人带来不必要的伤害。

该小品中的余老师是一个热心、善良的人，他的出发点是帮助洗车房的大爷，但却因为一个误会陷入了舆论的漩涡。洗车房的大爷和车主则代表了不同立场的人，他们在争执中展现了人性的复杂。盛处长、张院长则起到了推动剧情发展的作用，他们的出现让真相逐渐浮出水面。通过这些人物的塑造，小品变得更加生动有趣，也更能引起观众的共鸣。

该小品情节紧凑，充满戏剧性。从余老师帮助大爷倒车，到发现帽子遗漏在别人车里，再到误拿可乐引发争执，最后真相大白，每一个环节都扣人心弦。情节的转折和冲突不断，让观众在观看的过程中始终保持紧张和期待，增强了小品的观赏性。

在该小品的教学中，教师可以运用情景教学、小组讨论、角色扮演、写作练习等方法。

一、情景教学

可以将小品作为教学素材，通过让学生观看小品，引导他们分析其中的人物、情节和主题。让学生置身于具体的情景中，更好地理解和感受真相与舆论的关系，提高他们的分析和思考能力。

二、小组讨论

组织学生进行小组讨论,让他们分享自己对小品的看法和体会。讨论的话题可以包括:如果你是余老师,你会怎么做?网络舆论对个人和社会有哪些影响?如何避免被网络舆论误导?通过小组讨论,激发学生的思维,培养他们的合作精神和表达能力。

三、角色扮演

让学生进行角色扮演,重演小品中的情节。学生可以分别扮演余老师、洗车房大爷董叔、车主陈老师、保卫处盛处长、张院长等角色,深入体验人物的情感和心理变化。通过角色扮演,学生可以更加深刻地理解小品的主题,同时他们的表演能力和创造力也得到了提高。

四、写作练习

布置写作练习,让学生围绕该小品写一篇观后感或议论文。写作的要求可以包括:分析小品中的人物形象、阐述网络舆论的利弊、提出自己对避免网络舆论误导的建议等。写作练习,可以巩固学生对小品的理解,提高他们的写作能力。

小品《可乐?不可乐!》,不仅是一部具有娱乐性的作品,更是一个富有教育意义的教学素材。通过对小品的创作体会和教学方法的探讨,教师可以更好地发挥小品的教育价值,引导学生树立正确的价值观和"网络观"。

理　解

那　刚　李佳婧　谢佳娴

人物　妈妈——四十岁

　　　　女儿（唐琬宜）——十五岁

　　　　小王——二十八岁

　　　　醉汉（小王老公）——三十岁

时间　某天下午

地点　家

【妈妈坐在餐桌前处理公司事务，看账单催债。

妈妈　喂，美月姐！这二月份的产品到现在还没有结款……那说好三月份结款的，拖了这么久，我跟下面员工也不好解释。联系谁？好，我记一下，稍等。

【妈妈在屋里找笔。

妈妈　稍等，我找一下笔，稍等一下。

【妈妈去女儿房间找，倒出笔袋内的笔。

妈妈　181……8792。（记电话号码）好，那我怎么称呼他？刘青，刘女士，好的，那我联系她，麻烦了，拜拜！

【妈妈给刘青打电话，无意中看到女儿笔堆里的打火机。

【音效：忙音。

【妈妈挂断电话，拿起打火机看了一会儿，往客厅走，又回到女儿房门前停下，进女儿房间翻找。

【女儿回家。

理 解

女儿　妈,我回来了……妈……妈……

【女儿看到妈妈在自己房间里,冲进去抱住妈妈。

女儿　妈！生日快乐！祝你身体健康,百事可乐,开门大吉,吉祥如意,意气风发,好事连连,财源广进,年年有今日,岁岁有今朝。今年二十,明年十八。

妈妈　你先写作业吧。

【妈妈关门出去了,同时接到了刘青打回来的电话,回到房间处理工作。

【音效:电话铃声。

妈妈　喂,您好！是刘女士吗？美月姐让我来找你。我们二月份的货款大概什么时候可以结。这周内是吗？好的,那我等你消息。嗯,再见！

【妈妈给手下员工打电话。

妈妈　小王啊,你和同事们说一声,这周内发工资,让大家不要心急。

【与此同时,女儿看到自己的房间被弄乱了,站在自己房门口等妈妈从房间出来。

女儿　你动我东西了？

妈妈　嗯。

女儿　你凭什么动我东西啊,能不能尊重一下我的隐私？

妈妈　我现在进你房间找下东西都不行了吗？

【女儿关门,锁门(没锁上),拿出烟抽。

【妈妈进女儿房间。

妈妈　琬宜。

【女儿赶紧推妈妈出门。

妈妈　你嘴里含着什么？

【女儿把妈妈推出房间,锁门。

妈妈　你是不是在抽烟呢？

【妈妈不停地敲女儿房门。同时,女儿给房间散味,开窗通风,甩衣服扇风。

妈妈　你在里面干吗呢？把门打开！

女儿　没干吗啊,我换个衣服,等一下。

妈妈　你在家里换什么衣服，把门打开。

女儿　哎呀，我现在不想开。

妈妈　你开不开？不开是吧！

【妈妈去找女儿房间的钥匙，女儿藏烟。妈妈拿钥匙开门，女儿过来堵门。

妈妈　你是不是在里面抽烟呢？

女儿　我就是不想开，你能不能尊重一下我的隐私啊？

妈妈　你把门打开，在里面偷鸡摸狗的干什么呢啊？

女儿　谁偷鸡摸狗啊？你在说什么呢？

【女儿把门推开。母女对视，气氛压抑。

【妈妈进房间找烟，翻找课桌、书包、床头柜。妈妈过来搜女儿身。

女儿　妈……真没有。都说了，真的没有，哈哈哈……妈，痒……真的痒，哈哈哈……

【妈妈继续找，找到烟的位置。女儿过来阻拦。

女儿　哎！

妈妈　这是什么，你告诉我这是什么？

女儿　哦，这是我朋友落我这儿的。

【妈妈从口袋里拿出打火机。

妈妈　这个呢，这也是你朋友落你这儿的？

女儿　这个……这个是他上次一起放我兜里的，我真没抽烟！

【妈妈走到窗户旁把女儿拽过去。

妈妈　还不承认是吧，那这烟灰呢，是你同学来你房间留下的？

妈妈　唐婉宜，你小小年纪不学好，都学会抽烟了是吧？抽烟的女孩子你看看有几个正经人，把自己搞成这样不三不四的。

女儿　现在都什么年代了，你这思想怎么还这么封建。

妈妈　我思想封建，你从小到大喜欢哪样东西妈妈没有给你买，没有满足你？你说你喜欢画画，我给你报绘画班，风雨无阻地送你过去学。（指着墙上的画）你说你喜欢周杰伦，我支持你去追星，给你买海报，送你去他的演唱会。

【妈妈撕墙上的海报。女儿去抢海报。

女儿　你干吗啊！是,我是抽烟了,我就抽了怎么着,我不光抽烟,我还喝酒、打架,我就问你怎么着啊？

【妈妈扇了女儿一巴掌。

女儿　你打,你继续打啊,你打死我好了。你猜我为什么会变成这样,我在学校天天被欺负被嘲笑,别人被欺负了,他们的爸爸、妈妈都会护着他们,而你呢,天天忙忙忙,忙你的工作,根本不关心我,只会说"管好你自己",我管好了呀,但是有用吗？后来,我发现我抽烟、喝酒,好像就能融入他们,他们就不欺负我了。还有,当初要不是你每天作、每天闹着非要跟老爸离婚,我能变成这样吗？我现在变成这样都怪你们！

【女儿低头坐在床上。

妈妈　琬宜……

女儿　出去！

妈妈　琬宜,你听妈妈说……

女儿　你出去！

【母女沉默。

【音效:《唯一》(伴奏)。

【妈妈走出女儿房间,坐在沙发上。女儿坐在自己房间的床上,母女各自缓解自己的情绪。

【敲门声响起,妈妈去开门。

妈妈　来了。

【小王夫妇上场。

妈妈　你……你谁啊？

醉汉　你就是她老板,是吧？

【小王想拉着老公让他赶紧走。

醉汉　放手！

妈妈　有什么事吗？

醉汉　她工资怎么还没发？

【醉汉自己拿了凳子坐。

妈妈　不好意思,最近公司资金出了点问题,这周内一定发工资!

醉汉　公司资金出问题了关我什么事啊?她的工资不发,我们怎么过日子啊?

【妈妈看向小王求助。

小王　别说了,我们走吧。

【醉汉瞪了小王一眼,打量着房间设施。

醉汉　你这房子装修得挺不错啊,怎么会没钱呢?

【醉汉站起来绕着房间走,看到一个柜子想去翻。

妈妈　你干什么?

【妈妈去阻拦醉汉。女儿从房间出来。

女儿　你是谁啊?出去!

醉汉　我是谁,我是你大爷!

【女儿打掉醉汉指着妈妈的手。

女儿　指什么指,出去!

醉汉　你妈欠我钱,你让我出去,你脑子没病吧?

女儿　你哪条道上混的啊?龙四认不认识?

醉汉　谁啊?

女儿　许海清,总认识了吧?

醉汉　你……认识清哥?

女儿　那是我大哥!怎么着,要我给他打个电话吗?

醉汉　小丫头片子吓唬谁呢?

【女儿拿起柜子上的剪刀。

女儿　信不信我弄死你?滚出去!我现在弄死你都算正当防卫,出去!

醉汉　好好好,你等着,要是这周内不把钱发下来,我和你没完。

【门关上,妈妈腿软,坐在椅子上。

女儿　你没事吧?你平时不是挺能说的吗?这会儿面对这种人怎么说不出来了?

【女儿扶妈妈去沙发上坐着。

妈妈　琬宜,你真的认识那个清哥?你可千万不要和他们那些人接触啊。

女儿　唉,我根本不认识。像那种人就是要吓唬吓唬他们。我都是听我们学校那些人说的,我真不认识!

妈妈　那就好,你千万不要跟他们学坏啊!

【敲门声响起,女儿去开门,妈妈拉住女儿。女儿安抚妈妈没事,开门拿生日蛋糕。

女儿　喏,给你买的。

妈妈　你买的?

女儿　当然了,不然还能有谁,我可是攒了好久的零花钱买的。

【女儿打开生日帽给妈妈戴上。

女儿　嗯!好看!

【女儿打开生日蛋糕插上蜡烛,转身去厨房找打火机。妈妈叫住女儿,女儿回头。

【音乐:《人世间》(伴奏)。

【妈妈拿出没收的打火机,递给女儿。女儿走过来拿打火机点蜡烛,妈妈许愿。

妈妈　以后妈妈会多关注你的生活,多关心你。

【母女对视后相拥。

【收光。

——幕落

《理解》剧照

从生活深处汲取艺术之源
——观察生活练习小品《理解》创作心得与教学方法

在戏剧与影视表演的课堂上,我们经常探讨如何将日常生活转化为舞台上的艺术形象。我的创作体会源自对一个特殊群体的关注——相互依靠的母女。这个故事不仅讲述了债务和校园霸凌的现实困境,还深入探索了亲情的力量和个人成长的痛苦。通过该小品的创作,我深刻体会到观察生活对于戏剧创作的重要性。

人物塑造是戏剧创作的灵魂。在这个故事中,母亲和女儿的形象都是基于对现实生活的细致观察。母亲的焦虑不仅来自她背负的债务,还有对未来的恐惧;女儿的挣扎不只是因为在校园中被孤立,还有对自我价值的怀疑。将这些复杂的情感融入角色之中,演员要具备敏锐的观察力和同理心。在教学中,我鼓励学生走入人群,观察、记录、模拟,让每一个角色都充满生命力。

情节是故事有吸引力的关键。在现实生活中,冲突无处不在,但如何将其艺术化地呈现,则需要巧妙设计。母女之间的争吵并非简单的对立,而是她们在彼此深爱与现实生活之间的无奈与挣扎。外界的压力,如员工讨薪、学校的忽视,都是推动故事发展的催化剂。在教学过程中,我强调情节与人物性格的匹配,让每一次冲突都能促进人物成长,增加故事的深度。

主题的表达是戏剧创作的归宿。亲情的包容、成长的迷茫与觉醒,这些看似普通的主题,在特定的情境下都能触动人心。通过对这些主题的深挖,小品可以反映整个社会的面貌。在教学中,我鼓励学生思考如何通过具体事件展现普遍真理,如何在有限的舞台上展现无限的人性光辉。

通过这次创作,我更加坚信,生活中的每一个细节都可能是艺术创作的源泉。作为教育者,我希望能够培养出更多具有敏锐观察力和深刻同理心的艺术家,他们能够捕捉生活中的瞬间,将其转化为触动人心的艺术作品。

对于戏剧影视表演专业的学生来说,该小品具有多重教学意义。一个关于母女争吵与和解的故事,如同一束温暖的光线穿透了舞台的幕布,照亮了学生探索表演艺术的道路。该小品不仅仅是对一段情节的描述,它更像是一扇窗,让学生得以窥见生活的复杂性与人性的深度,从而在表演中寻找到共鸣与灵感。

首先,该小品教会学生观察生活的重要性。在日常生活的琐碎之中,隐藏着无数动人的故事和丰富的情感。如同故事中的母亲在面对债务时的无奈与愤怒,女儿在学校遭受霸凌后的微妙心理变化,这些细腻的情感线条都需要演员具备敏锐的观察力和同理心。通过对这些生活细节的捕捉和理解,学生能够为角色的塑造提供坚实的基础,使角色的行为动机和情感反应更加真实可信。

其次,该小品为学生提供了宝贵的练习素材。在排练小品时,母女之间的复杂关系成了锻炼学生情感表达和冲突处理能力的绝佳题材。学生可以尝试用不同的表演方法来展现母女之间的矛盾与和解,这种实践不仅能够提高学生的表演技巧,还能够增强角色之间的感染力,使观众能够更加深入地感受到角色的情感波动。

最后,该小品引导学生深入挖掘角色的内心世界。在表演艺术中,展现角色的内心情感起伏同样重要。通过分析母女在不同情境下的心理状态,学生可以更好地把握角色的精神世界,从而在舞台上呈现出更加立体、生动的角色形象。这种对角色内心世界的深入理解,是塑造一个成功角色不可或缺的一环。

作为一个教学案例,该小品不仅可以提升学生的表演技巧,还触及了更深层次的艺术追求——对人性的理解。在角色扮演的过程中,学生需要将自己沉浸在角色的生活背景和心理状态中,这种体验能够帮助他们更好地演绎角色,让他们在情感上与角色产生共鸣,从而在表演中传达出更加深刻的人文关怀。

该小品为戏剧影视表演专业的学生提供了一个观察生活、理解人性、锻炼表演技巧的机会。它不仅丰富了学生的表演素材,还引导他们深入探索角色的内心世界,最终在舞台上呈现出更加真实、动人的艺术形象。通过这样的学习,学生不仅提升了自身的表演技艺,更重要的是,他们还学会了如何用心去感受生活,用情感去打动人心,这是所有优秀演员都应具备的宝贵品质。

没有说破的事

那　刚

人物　女孩、女孩的男朋友（男孩）、护士、出租车司机（师傅）
地点　医院走廊（布景有"静"字牌、禁止吸烟牌、医务人员守则等）

【手术室门口，司机躺在长椅上睡着了。女孩打着电话进场。

女孩　在哪儿啊？我打了你一下午的电话都没人接，你不是说下午三点来接我的吗？不行啊，我现在不在学校，我在医院，我妈被车给撞了，我不知道怎么回事啊。你赶紧过来吧，在市医院一三〇六号病房。

【女孩找到病房。

女孩　妈，妈。你怎么样了？

【护士拦住女孩。

护士　哎哎，女士，病人刚睡着，你不能进去打扰病人。
女孩　那是我妈啊，妈……妈……
护士　哎呀，女士，你妈没事，只不过受了点皮外伤，受了点惊吓，睡一觉就好了。
女孩　我妈怎么了，被什么车给撞的？好好的她怎么会被撞呢？
护士　具体情况我也不是很清楚，对了，是那位师傅把你妈送医院来的，你问问他吧。
女孩　是……是他把我妈送医院来的？
护士　是的。
女孩　哦，那谢谢您啊！
护士　小声点。

173

【女孩向病房张望了一会儿,看见妈妈安然,走向那位师傅。

女孩 师傅,师傅,师傅……

师傅 啊,去哪儿啊?

女孩 我跟您打听点事?

师傅 哪儿啊?

女孩 哪儿都不是,是您把我妈送医院来的,是吧?

师傅 你妈?

女孩 嗯,就屋里那个。

师傅 你是她女儿?

女孩 嗯。

师傅 怎么才来啊?

【师傅看手表,发现自己落枕了。

师傅 哎哟……

女孩 师傅啊,你是什么时候发现我妈被撞的呀,我妈是被什么车撞的呀,是谁撞了我妈呀,啊?师傅您倒是给我说说,怎么就撞到我妈了呀?

师傅 唉……你别哭啊,今天下午两点五十分,肯定不到三点,到了三点我准犯困。唉,今天下午你没出来吧?

女孩 没。

师傅 今天下午雨下得很大,我把雨刮器开到最高档都还看不清前面的路,就在东新路那个四岔路口的左转弯车道上,红灯倒计时"三、二",还不到"一"的时候,前面的那辆车油门一踩就出去了。我当时就想,下那么大的雨,车开那么快,千万不要出事哪!说时迟那时快,就看见前面一个人,"哐"一声趴在地上了!

女孩 谁啊?

师傅 你妈。

女孩 啊!那开车的那个司机呢。

师傅 当时我猜那司机也没意识到自己撞了人,再说雨下那么大——他走了。

女孩 啊,走了,他的车牌号码你有没有记?

师傅　浙A873……783……8……

女孩　哎呀,我还是去问问我妈吧。

师傅　哎呀,你不要进去,问你妈有什么用,她好不容易才安静下来,你妈当时一直哭,而且是趴在地上的,她背后又没长眼睛,怎么可能看清车牌号码。

女孩　怎么会这样？

师傅　不过你也没有什么好担心的,你妈只是擦破点皮,是不幸中的万幸,我看她啊睡一觉也就好了。

女孩　多谢你了！师傅贵姓？您是哪个公司的？我回头好好谢谢您！

师傅　我是……好啦好啦,这个就不要问了。我做好事不留名的,这个是我们星级的哥应该做的事情。回头啊,你妈醒了叫你妈过马路小心点,现在的"马路杀手"多着呢。我要交班了,走了。

女孩　谢谢您啊,师傅您慢走啊！

【女孩的电话响了。

女孩　喂,你到没到啊？哎呀,一三〇六号,赶紧上来。

【师傅跑上来。

师傅　对了,小姑娘,这是我刚刚给你妈垫付的两千块钱押金收据。

女孩　对对对,谢谢您啊,师傅！不好意思,看我都忙忘了。

【说着就掏钱。

师傅　呵呵,别说你啊,我自己也给忘了……

女孩　师傅。

师傅　（欲接钱）唉。

女孩　这……这……不好意思啊,我身上没带那么多现金。

师傅　啊,那怎么办啊？我今天晚上打麻将,要去翻本的……

女孩　您先别着急啊,我男朋友已经到楼下了,他身上有现金,等他来了马上给您。

师傅　哦,那好吧,那我就等一会儿吧！（吐痰）

【女孩赶忙退了一步,女孩在门口等待。师傅打电话。

【男孩上场。师傅打电话声渐小。

女孩 哎呀,你怎么才来啊?你不是说下午三点去接我的吗?

男孩 公司里临时开了个会。

女孩 开会你就不管我了?你不管我,那我要你干吗啊?

男孩 下不为例,下不为例啊。伯母怎么样了?

女孩 哎呀,你别进去,我妈刚睡着,医生不让进,我都没见着。你身上有现金吗?

男孩 有啊。

女孩 把钱给人家啊。

男孩 给谁啊?

女孩 给他啊。

男孩 为什么啊?

【女孩和男孩小声说话,师傅大声打电话。

师傅 告诉你们今天晚上谁都别想跑,我今天手气很好的,只收现金啊。老地方老规矩,晚上见!

男孩 他?

【师傅回头,和男孩对看,笑。

男孩 谢谢,谢谢,你可是新时代活雷锋啊!

师傅 称不上,称不上。

女孩 他说他是星级的哥。

师傅 哪里,哪里。

男孩 哟,难怪了,多谢您,这事多亏你了!您贵姓啊?

师傅 我姓钱。

男孩 怎么称呼?

师傅 多多,钱多多。哎哟,又说出来了,小兄弟千万不要登报纸啊。我最不喜欢这种事情了。

男孩 要登的,要登的,这是我的名片。以后有什么事需要帮忙的尽管找我。

师傅 律师啊!我没名片,交警部门你熟吗?

男孩　不是很熟。

师傅　哦，我平时跟他们打交道比较多。

男孩　押金多少钱啊？

女孩　两千。

男孩　两千？钱师傅你稍等会儿，我马上拿钱给您。

女孩　怎么了，没带够钱？

男孩　你说是他把你妈送医院的？还垫了两千块钱押金，待了一下午，你看他那样像吗？

女孩　人家学雷锋做好事。

男孩　这都什么时候了，你还真相信有活雷锋？你想啊，他和你妈素不相识，他一个开出租的，惜时如金啊，开车像飞一样的。他在这儿待了一下午，会为了你妈连生意都不要了？他凭什么把你妈送医院，这事弄不好啊是贼喊捉贼。

女孩　你别乱冤枉好人！

男孩　你忘了我是干什么的了，这种事我见多了，这样吧，我问他几句话。

男孩　钱师傅啊，我想向您了解几个问题啊，请问你是在哪个路段看到伯母被撞的？

师傅　东星路岔路口的左转弯道。

男孩　大概几点啊？

师傅　两点五十分左右，不到三点，到三点我准犯困。

男孩　哦，那你看到是什么车撞的我伯母吗？

师傅　黑色的帕萨特。

男孩　那时我也在路上，好像雨下得很大啊？

师傅　大，我那个雨刮器刮得刷刷响都看不清路。

男孩　您什么都看不清楚？您只要回答是或不是。

师傅　是！

男孩　那你怎么看清楚那车是帕萨特的呢？

师傅　这个……我开了那么多年车了，这些东西我总还是分得清的。那 V、W

加一个圆圈就是大众,有棱有角的那个是大众桑塔纳,像乌龟壳那样流线型的是大众帕萨特,这个我不会搞错的。

男孩 那车的车牌号你还记得吗?

师傅 这个我给忘了,我都告诉自己不要睡觉,不要睡觉,睡觉耽误事情的……

男孩 那钱师傅,我们还是把这事交给警方处理吧。

师傅 学雷锋做好事!你也不能让我赔钱啊?

男孩 师傅这个我知道,要是这件事调查结果出来真跟你没关系,我会把下午的所有损失都补偿给你。你觉得呢?

师傅 那倒不用。什么叫这事跟我没关系,这事和我有什么关系吗?

男孩 跟你有没有关系你说了不算,我们说了也不算,咱们啊还是等警察来了再说!

女孩 对,报警!

师傅 你们什么意思,你们的意思是我撞的是不是?你们搞清楚,我只是看到她被车子撞倒了,看到她哇哇哭,才把她送到医院来的。

男孩 钱师傅,你别激动,我们也没说这人是你撞的啊?

女孩 就是啊,我们没说,你心虚什么啊?

师傅 什么叫我心虚啊?我这救人救错了是不是啊?我钱多多开了那么多年车了,从来没遇到过这样的事情,我坐得正开得直,从不做亏心事的。怎么会碰上你们两个?再说了,我们星级的哥是不会做这种事的!

男孩 钱师傅啊,根据《中华人民共和国道路交通安全法》第108条规定……

师傅 好好好,你不要跟我讲这些条款,你们就给个干脆的,要报警现在就去报,我跟你们耗上了!

护士 嘘……你们讲话轻点,这是医院。

师傅 护士小姐,你来了正好,你给评评理。今天是不是我送大妈来医院的?

护士 是的。

师傅 是不是我给交的两千块钱押金?

护士 是的。怎么了?

师傅　听到了没？听到了没？

女孩　那又怎么样？

师傅　那就证明人不是我撞的！

护士　那之前发生了什么事我怎么知道？

师傅　不过她确实是不知道的。

男孩　钱师傅，我看还是等警察来了再说吧。

师傅　等等，等大妈醒来让她说，她肯定知道！

女孩　你不是说我妈当时是趴着的嘛，她背后又没长眼睛，她怎么知道是不是你撞的？

男孩　就是啊。

师傅　我不跟你们吵，也不跟你们辩论，我是星级的哥，是以德服人的，老天是有眼的，你现在就去报警！

【护士上。

护士　小声点，请问你们这里谁是车牌号为浙 A83007 的车主？

女孩　这不是你的车嘛。

男孩　对，怎么了？

护士　你的车怎么停在了我们医院的急诊通道上啊？这严重影响了我们医院的工作，你赶紧把车挪到停车场去。

女孩　你怎么乱停车啊？

男孩　这不着急嘛。

女孩　急，你就能乱停车了啊？

护士　你们快点去把车停停好。

男孩　唉，来了！（转向女孩）那你去帮我把车停好，这里有我呢。

女孩　那你们别打起来啊。

男孩　放心吧，我不会欺负他的。

女孩　那我去了。

【女孩下，男孩转向师傅。

男孩　钱师傅，咱们有理不在声高，都是有素质的人，等会儿就能把事弄清楚了。

师傅 等等，你的车牌号是多少？

男孩 我的车？浙A83007啊。怎么了？

【师傅站起来，指着男孩。

师傅 好啊，83007，83007！

男孩 怎么了？

师傅 黑色帕萨特。

男孩 对，那又怎么样？

师傅 今天下午你去过东星路？

男孩 去过。

师傅 左尾灯不会亮，对不对？

男孩 我正准备去修呢。

师傅 要是修了，就让你给跑了。

男孩 跑了？

师傅 嗯。

男孩 你什么意思？你的意思是……我把伯母给撞了？

师傅 是滴！

男孩 （大笑）你可真会开玩笑，她可是我未来岳母啊！我撞谁不好啊，我撞我未来岳母，你太逗了……

师傅 你要是在不知道的情况下呢？

男孩 撞了人我会不知道？

师傅 今天两点五十分左右，肯定不到三点，你的车在东新路岔路口的左转弯车道上。你的车是第一辆，在等红绿灯，对不对？

男孩 好像……

师傅 不是好像！是还是不是？

男孩 是啊，怎么了？

师傅 等红灯的时候，这个红灯倒计时"三、二"，还没等到"一"的时候，你油门一踩，车"嗖"地一下出去了，也就在这个时候，她，也就是你岳母，左手拎一只鸡,右手打一把伞,晃荡晃荡地过马路,由于你的车速过快,转弯半径过小,你车的左屁股就把她给蹭倒了。

男孩　这是怎么可能?这是不可能的嘛。再说,我是律师,我懂法,我知道撞了人应该把人及时送医院。

师傅　那时你还在不停看表?

男孩　这你也知道?

师傅　我是远视!

师傅　你当时就没有听到你的车后面,发出了"哐"的一声?

男孩　那时,我以为是雨下得太大……

师傅　对,你以为是雨下得太大,所以你撞了人自己都不知道。

男孩　不对!不可能!

师傅　怎么了,你还不承认?没关系,要不我们到交警大队把监控录像调出来,到时候一清二楚。我在那儿闯过两次红灯都被拍下来了。

男孩　别别别,钱师傅,这个……我再想想……

【女孩上。

女孩　怎么样了啊?警察有没有来啊?对了,你车的左屁股怎么被蹭掉一块漆啊,什么时候蹭的呀,那么不小心。

师傅　哦,车后面被蹭掉一块漆是因为……

男孩　哦,呵呵!那是我倒车时不小心蹭的,钱师傅是个老司机,我这不刚学出来……

女孩　老司机还撞人?

师傅　我告诉你这不是我撞的!

男孩　人家可是学雷锋做好事,不是钱师傅撞的,你别冤枉好人。

女孩　你刚才不是说是他撞的啊?

男孩　这事还没搞清楚,咱不能冤枉好人。

女孩　快报警啊!

男孩　这事跟警察没关系,快去把车上的钱拿来。

女孩　这事不是还没搞清楚吗?

男孩 我搞清楚了,搞清楚了!快去,快去拿。

女孩 这……

【女孩下。

男孩 钱师傅,这事我有点眉目了,那个车……

师傅 车……

男孩 它……

师傅 它……

男孩 那个灯……

师傅 还有什么?

男孩 我!这事都怪我,都怪我!我有印象,有印象!我真不知道我蹭到人了,更不知道我撞了我岳母。钱师傅,我记起来了,这事确实和您没关系,都是我的错!

师傅 和我没关系?不会吧!这事肯定和我有关系,你刚才不是说是我撞的人吗?你不是振振有词吗?

男孩 这哪是你撞的啊?都是我,钱师傅,我不能让我女朋友知道是我撞了她妈啊!

师傅 你这话是什么意思?你是叫我说谎话?我可是星级的哥,我们是最讲诚信的,绝对不讲假话!

男孩 钱师傅,我知道,你要是说了我和她就完了。我和她在一起五年了,就快结婚了!都怪我,你看我刚考的驾照,才两个月,我以后开车肯定小心!谢谢你今天给我上了一节课,你大人不计小人过!

师傅 好了,小伙子我有数了。我是从来不说假话的!

男孩 师傅啊……

师傅 不过,今天我可以……不说话。

男孩 谢谢!谢谢了!

【女孩上。

男孩 钱师傅,那……这些钱给你。

师傅 这钱好像多了一点。

男孩 多的就算是我们的一点心意。

师傅 这两千块钱是押金,这一百块钱当作是下午的补助,其他的还你。

男孩 不不,您拿着,这是我们的心意。

师傅 我拿你这钱还算什么星级的哥!

男孩 钱师傅……

师傅 小伙子啊,这以后开车……

男孩 唉!

师傅 尤其像你这种新手,倒车的时候宁停三分,不抢一秒。接你伯母出院,记得慢点开车啊。

男孩 唉,好嘞!

【音效响起。

女孩 他说的是什么意思啊?

【师傅下。

男孩 人家老司机嘛,教育新同志。

护士 病人已经醒了,家属可以进去了。

女孩 我妈醒了。

【女孩进病房。

女孩 妈……妈……你怎么样了啊,是谁撞的你啊?

【男孩也进病房。

男孩 伯母,您没事儿吧?这是谁撞的您啊?

【收光。

——幕落

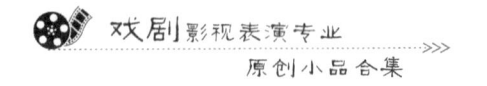

在都市的喧嚣中寻找人性的温暖

——《没有说破的事》创作心得与教学方法

在璀璨的都市生活中,人与人之间的信任宛若稀世珍宝,难以觅得。《没有说破的事》这部戏剧小品,便在这样的社会大背景下孕育而出。通过一位平凡的出租车司机在暴雨天救助一位遭遇车祸的老人的故事,我们试图揭示出即使在冰冷的现实中,依然有人坚守着善良与正义的底线。

这部作品是一次深入现实主义戏剧精神的探索。因为深受对人性细腻描绘和社会问题直面揭示的创作手法的影响,在塑造角色时,我力求真实地反映人物性格和内心世界,使每一个角色都充满生活的气息。星级的哥的形象代表着那些热心且富有正义感的普通人,而女孩的男朋友则代表了那些对社会充满怀疑,保持着自私自利态度的人。这种对比不仅增强了剧情的冲突,还引导观众在笑声中反思自己的价值观。

在教学方法上,我们采用了互动式和参与式的教学模式。首先,让学生观看并分析剧本,讨论每个角色的性格特点和动机;其次,组织学生进行角色扮演,通过即兴表演来深入理解角色心理和剧情发展。在此过程中,我们鼓励学生提出自己的见解,并在角色扮演中尝试不同的演绎方式,以培养学生的创造力和同理心。

此外,我们还注重培养学生的批判性思维能力。在讨论环节,我们会引导学生思考剧本中的社会问题,如信任危机、道德选择等,并鼓励他们结合自己的生活经验进行深入分析。这有助于学生更好地理解剧本内容,也能够激发他们对现实社会的深刻思考。

在教学过程中,我们发现,对于剧中星级的哥大度离开这一情节,学生反响尤为强烈。学生认为这是一种高尚的道德行为,是对年轻人错误行为的宽容,也是一种教育。因此,在教学中,我特别强调了宽恕与教育的重要性,让学生认识到在现实生活中,每个人都有可能犯错,关键在于我们能否给予他人改正的机会。

《没有说破的事》是一部娱乐性的戏剧小品，更是一部具有深刻社会意义的教育作品。通过这部作品的创作和教学，我们希望能够激发学生的创造力，培养他们的同理心和批判性思维能力，并最终引导他们成为具有社会责任感的人。在这个过程中，学生不仅学习了戏剧的技巧，更重要的是，他们还学会了如何去理解、感受、关爱那些在我们身边默默付出的人。

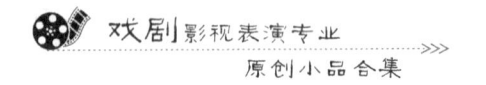

归 途

那 刚 佚 名

人物 小女孩、军人
时间 夏日的某一天
地点 候车大厅

【小女孩乔装成小男孩,躺在长椅上。
【广播:"各位旅客,开往西安方向的1112次列车即将停止检票,有乘坐1112次列车的旅客,请尽快到二号检票口检票上车。"(两次)
【小女孩躺在长椅上睡觉,一只蚊子叮了她的脖子,一只蚊子叮了她的腿。小女孩翻身摔倒叫"哥",起来发现自己在候车室,整理了帽子,坐在椅子上喝水。她突然肚子痛,拿了卷纸起身去上厕所。临走时看了看座位,把矿泉水放到座位上,离开了。
【一位军人从另一侧上场,手拿两个旅行包,看到有空位,坐了下来。
【小女孩返回,看到有人坐了自己刚才坐的位子。

小女孩 喂,你坐了我的位子。

【军人看着杂志没有听到。

小女孩 喂,你坐了我的位子。

【军人依旧翻看着杂志。

小女孩 我跟你说话,你听见没有啊?

军 人 啊?小朋友,你在和我说话吗?

小女孩 大朋友,你占了我的位子。

军 人 小朋友,这个位子是你的?好好,你坐。(让了一点过去)

小女孩 大朋友,我是说这一整条椅子都是我的。

军　人 (笑)小朋友,这是公共场所,你坐这么一个位子不就够了吗?

小女孩 大朋友,那总是有先来后到之说的嘛,你没看见我把矿泉水瓶放中间了吗?

【军人被他这样的道理噎得不知该如何回答,没有理睬她,继续看报纸。

【小女孩没有办法,突然,小女孩开始抢座位。

小女孩 轰隆隆,火车进站了,让开!

【小女孩边喊边推,把军人推得站了起来。

军　人 你这个小孩怎么这样。

小女孩 睡觉!

【军人看着躺在椅子上的小女孩摇了摇头,只能无奈地坐到了地上,打开报纸看,过了一会儿从包里拿出了一个肉包子吃着。

【小女孩看见军人吃肉包子,就自己拿出了一个白面馒头。小女孩和军人开始比赛谁吃得快,小女孩噎着了,找水没找到,军人看见后就递了一瓶矿泉水过去。

【小女孩喝完还给军人,军人不要,小女孩把水瓶里的水倒完放了起来。

小女孩 喂!你过来坐吧。

军　人 不用,再过一会儿我就要上车了。

【广播:"各位旅客,开往北京方向的1128次列车已经开始检票了,有乘坐1128次列车的旅客,请您整理好自己携带的行李物品,到　号检票口检票上车。"军人起身要走,小女孩大叫。

小女孩 大哥,你是上北京去的吗?

军　人 是啊!

小女孩 太好了!那你能帮我个忙吗?

军　人 小朋友,要帮忙找那边的警察叔叔,警察叔叔能帮你的忙。

小女孩 不,不,这个忙警察叔叔帮不了我,只有你能帮得了我。

军　人 (苦笑)我能帮得了你什么?我知道了你一定是说自己没有钱,买不起车票,或者说家里穷,上不起学。这种事情我见多了。小朋友,我

187

	赶时间,不跟你啰唆了。
小女孩	大哥,我不是这个意思。
军　人	那你什么意思?算了,这些钱你拿着吧。
小女孩	大哥,我不是要钱。
军　人	那你不要钱要什么?
小女孩	我想让你代我哥从北京发个电报给我妈,就七个字。
军　人	你哥干吗不自己发呀?
小女孩	我哥不在北京。
军　人	那等你哥回北京再发吧!
小女孩	大哥,我哥他……
军　人	好了,我要上车了。
小女孩	大哥,我哥他牺牲了。
军　人	牺牲了?
小女孩	我哥和你一样也是一名军人。上个月,在大山镇洪水中,我哥为抢救一名落水儿童被洪水冲走了,尸体还没打捞上来。
军　人	你哥是哪个部队的?
小女孩	117部队。
军　人	叫什么名字?
小女孩	我哥叫林卫国。
军　人	林卫国是你哥?林卫国同志的英雄事迹我听说过,他是我们全连的榜样,我很敬佩他。可我只听说他有一个妹妹,没有弟弟呀?小朋友你别骗我了。
小女孩	大哥,我就是林卫国的妹妹。

【小女孩情急之下摘掉帽子,露出了长发。

军　人	你真的是林卫国的妹妹?
小女孩	不信你看,这是我的全家福,这个是我,这是我妈妈,这是我哥哥,我没有骗你。
小女孩	(哭着说)我在这里等了三天三夜,我怕别人看我是个女孩欺负我,才

打扮成男孩子的样子……

军　　人　小妹妹,来,快坐下。快告诉大哥你家出什么事了,你妈怎么了?

小女孩　我妈她生病了,现在在医院,下个礼拜就要动手术了,我妈每天都念叨着我哥的名字,她知道我哥有任务回不来,但她想在动手术之前亲眼看看我哥给她发的电报才安心。我也试过在本地给她发电报,可是我妈认识这里的邮戳。所以我才来这里等一个去北京的好心人,愿意代我哥从北京发一份电报来。大哥,这个忙只有你能帮我。

军　　人　小妹妹你妈得了什么病?

小女孩　肝硬化。

军　　人　你今年几岁?

小女孩　十五岁。

军　　人　好孩子,你哥为了抢救一名落水儿童献出了自己的宝贵生命。你哥是好样的,你也一样,是好样的。

小女孩　大哥,你同意帮我这个忙了?

军　　人　嗯,大哥一到北京就给你妈发电报。

小女孩　太好了,太好了。

军　　人　那电报的内容呢?

小女孩　内容就写"儿一切安好,勿念",就七个字行吗?

军　　人　行。

小女孩　大哥,这是发电报的钱。

军　　人　这钱大哥不能收。

小女孩　这钱你一定要收下,这电报是你代我哥发的,你要是不收下我哥在九泉之下不会安心的,收下吧!

军　　人　好,大哥收下。

小女孩　谢谢你,大哥!谢谢你!那我走了。大哥,再见!

军　　人　小妹妹,你等等,这些钱你拿着。

小女孩　这钱我不能收。

军　　人　拿着,就说是你哥寄来的。

小女孩 （含泪）大哥，谢谢！

【广播："各位旅客，开往北京方向的1128次列车即将停止检票，有乘坐1128次列车的旅客，请尽快到一号检票口检票上车。"

【音乐。

军　人　大哥要走了，小妹妹快回家去吧！

小女孩　嗯。

小女孩　大哥，（敬礼）再见！

军　人　（敬礼）再见！

小女孩　大哥，再见！大哥，再见！大哥……再见……

【收光。

——幕落

《归途》创作心得与教学方法

小品《归途》的创作灵感源自一个真实的感人故事，在对其进行调整和改编的过程中，我们旨在赋予它更深刻的内涵与更强烈的情感冲击。故事原型犹如一颗未经雕琢的宝石，而我们二度创作的精心打磨，使其绽放出更加璀璨的光芒。

炎热的夏天，北方火车站的特殊场景为故事提供了充满生活气息的舞台。一个小孩与军人的相遇，从冲突到理解，再到共同为了一份温暖的使命而努力，这个过程中不仅展现了人间真情，还融入了北方地域的特色元素。

在二度创作中，我们对小孩和军人的形象进行了更加细致的刻画。小孩的孤独不再仅仅是表面的状态，而是通过深入挖掘其内心的渴望与不安，展现出北方孩子在困境中的坚强与纯真。军人的形象非常立体，既有北方军人的豪爽与担当，又不失细腻的情感。小孩与军人之间的情感变化自然流畅，从最初的敌意到后来的信任与感动，每一个阶段都充满了情感的张力。尤其是小孩讲述哥哥故事的环节，细腻的台词和表演，让观众深刻感受到亲情的伟大和北方人对家庭的深厚情感。

我们对故事原型中的情节进行了优化，使其更加紧凑且富有戏剧性。增加了一些细节描写，如小孩在火车站等待时的心理活动、军人的回忆片段等，使故事更加饱满。同时，融入北方的地域元素，让整个小品充满了北方的风情。从方言的运用到北方特色的场景布置，如火车站的小吃摊、人们的穿着打扮等，都为故事增添了浓厚的地域色彩。这种地域融合不仅使小品更具特色，还能让观众更好地感受北方文化的魅力。

通过二度创作，小品《归途》的社会意义得到了进一步升华。它不仅展现了军人的奉献精神、家庭的温暖和亲情的重要，还传递了北方人特有的价值观，如团结互助、豪爽大气、重情重义等。在这个充满挑战与机遇的时代，这样的故事能够唤起人们内心深处的情感共鸣，提醒人们珍惜身边的人，关爱他人，传递正能量。同时，也为弘扬北方地域文化做出了贡献。

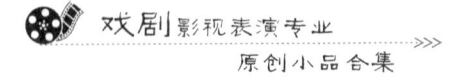

在教学方面,教师可以运用对比分析教学、地域文化探究、情感体验训练、团队协作与创意激发、反馈与反思教学等方法。

一、对比分析教学

在教学过程中,将原故事与改编后的小品进行对比分析,让学生深刻理解二度创作的意义和方法。引导学生从人物塑造、情节设置、情感表达等方面进行对比,找出改编后的亮点和不足,从而提高学生的创作能力和分析能力。

二、地域文化探究

组织学生进行北方地域文化的探究活动,了解北方的风俗习惯、方言特点、历史文化等。通过实地考察、查阅资料、观看视频等方式,学生能够深刻感受北方文化的魅力。在表演小品时,鼓励学生将这些地域元素自然地融入表演中,使角色更加真实可信。

三、情感体验训练

注重培养学生的情感体验能力,通过情景模拟、角色扮演等方式,学生能够深入体会小孩和军人的情感变化。特别是在小孩讲述哥哥故事的环节,引导学生运用自己的情感体验,将亲情的伟大和北方人的情感特质展现出来。

四、团队协作与创意激发

戏剧表演是团队合作的艺术,在教学中要强调团队协作的重要性。鼓励学生在排练过程中互相交流、互相启发,共同解决问题。同时,激发学生的创意,让他们在表演中加入自己的想法和创意,使小品更加丰富多彩。

五、反馈与反思教学

及时给予学生反馈是教学的重要环节。邀请其他同学、老师或专业人士观看表演,并提出意见或建议。学生根据反馈进行反思和改进,不断提高表演水平。在反思过程中,引导学生思考应该如何进一步完善小品,使其更具艺术感染力和更深刻的意义。

通过对小品《归途》的二度创作和教学,我们不仅培养了学生的表演能力、创作能力和团队合作精神,还弘扬了北方地域文化,传递了积极向上的价值观和社会意义。希望这部小品能够成为学生艺术成长道路上的一个重要里程碑,也为观众带来一次难忘的情感之旅。